珍藏版

唐詩宋詞元曲選編

伍

于立文 主编 李金龙 编

辽海出版社

聂夷中诗集（续）

胡无人行

男儿徇大义，立节不沽名。

腰间悬陆离，大歌胡无行。

不读战国书，不览黄石经。

醉卧咸阳楼，梦入受降城。

更愿生羽翼，飞身入青冥。

请携天子剑，斫下旄头星。

自然胡无人，虽有无战争。

悠哉典属国，驱羊老一生。

燕台二首

燕台累黄金，上欲招儒雅。

贵得贤士来，更下于隗者。

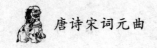

自然乐毅徒，趋风走天下。

何必驰凤书，旁求向林野。

燕台高百尺，燕灭台亦平。

一种是亡国，犹得礼贤名。

何似章华畔，空馀禾黍生。

古兴

片玉一尘轻，粒粟山丘重。

唐虞贵民食，只是勤播种。

前圣后圣同，今人古人共。

一岁如苦饥，金玉何所用。

劝酒二首

白日无定影，清江无定波。

人无百年寿，百年复如何。

堂上陈美酒，堂下列笙歌。

与君入醉乡，醉乡乐天和。

岁岁松柏茂，日日丘陵多。

君看终南山，万古青峨峨。

灞上送行客，听唱行客歌。

适来桥下水，已作渭川波。

人间荣乐少，四海别离多。

但恐别离泪，自成苦水河。

劝尔一杯酒，所赠无余多。

饮酒乐

日月似有事，一夜行一周。

草木犹须老，人生得无愁。

一饮解百结，再饮破百忧。

白发欺贫贱，不入醉人头。

我愿东海水，尽向杯中流。

安得阮步兵，同入醉乡游。

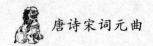

公子行二首

汉代多豪族，恩深益骄逸。

走马踏杀人，街吏不敢诘。

红楼宴青春，数里望云蔚。

金缸焰胜昼，不畏落晖疾。

美人尽如月，南威莫能匹。

芙蓉自天来，不向水中出。

飞琼奏云和，碧箫吹凤质。

唯恨鲁阳死，无人驻白日。

花树出墙头，花里谁家楼。

一行书不读，身封万户侯。

美人楼上歌，不是古凉州。

过比干墓

殷辛帝天下，厌为天下尊。

乾纲既一断，贤愚无二门。

佞是福身本，忠作丧己源。

饿虎不食子，人无骨肉恩。

日影不入地，下埋冤死魂。

腐骨不为土，应作石木根。

余来过此乡，下马吊此坟。

静念君臣间，有道谁敢论。

住京寄同志

有京如在道，日日先鸡起。

不离十二街，日行一百里。

役役大块上，周朝复秦市。

贵贱与贤愚，古今同一轨。

白兔落天西，赤鸦飞海底。

一日复一日，日日无终始。

自嫌性如石，不达荣辱理。

试问九十翁，吾今尚如此。

赠农

劝尔勤耕田，盈尔仓中粟。

劝尔无伐桑，减尔身上服。

清霜一委地，万草色不绿。

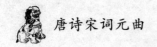
狂风一飘林，万叶不著木。

青春如不耕，何以自拘束。

客有追叹后时者作诗勉之

后达多晚荣，速得多疾倾。

君看构大厦，何曾一日成。

在暖须在桑，在饱须在耕。

君子贵弘道，道弘无不亨。

太阳垂好光，毛发悉见形。

我亦二十年，直似戴盆行。

荆山产美玉，石石皆坚贞。

未必尽有玉，玉且间石生。

精卫一微物，犹恐填海平。

访嵩阳道士不遇

先生五岳游，文焰灭金鼎。

日下鹤过时，人间空落影。

常言一粒药，不随死生境。

何当列御寇，去问仙人请。

送友人归江南

泉州五更鼓，月落西南维。

此时有行客，别我孤舟归。

上国身无主，下第诚可悲。

秋夕

日往无复见，秋堂暮仍学。

玄发不知白，晓人寒铜觉。

为材未离群，有玉犹在璞。

谁把碧桐枝，刻作云门乐。

哭刘驾博士

出门四顾望，此日何徘徊。

终南旧山色，夫子安在哉。

君诗如门户，夕闭昼还开。

君名如四时，春尽夏复来。

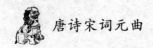

原野多丘陵，累累如高台。

君坟须数尺，谁与夫子偕。

公子家

种花满西园，花发青楼道。

花下一禾生，去之为恶草。

起夜来

念远心如烧，不觉中夜起。

桃花带露泛，立在月明里。

古别离

欲别牵郎衣，问郎游何处。

不恨归日迟，莫向临邛去。

长安道

此地无驻马，夜中犹走轮。

所以路傍草，少于衣上尘。

游子行

萱草生堂阶，游子行天涯。

慈亲倚门望，不见萱草花。

于鹄诗集

于鹄，大历、贞元间诗人也。隐居汉阳，尝为诸府从事。其诗语言朴实生动，清新可人；题材方面多描写隐逸生活，宣扬禅心道风的作品。代表作有《巴女谣》、《江南曲》、《题邻居》、《塞上曲》、《悼孩子》、《长安游》、《惜花》、《题美人》等，其中以《巴女谣》和《江南曲》两首诗流传最广。《巴女谣》写一巴女唱着竹枝

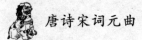

歌，在"藕丝菱叶"的江边牧牛，"日暮还家"不愁会弄错，为什么呢？因为"记得（自家门口有）芭蕉出槿篱"。全诗写得十分活泼生动，巴女的可爱形象被刻画得栩栩如生，人见人爱，从而使该作品成为脍炙人口的佳作。诗一卷（全唐诗中卷第三百一十）。

巴女谣

巴女骑牛唱竹枝，藕丝菱叶傍江时。
不愁日暮还家错，记得芭蕉出槿篱。

题邻居

僻巷邻家少，茅檐喜并居。
蒸梨常共灶，浇薤亦同渠。
传屐朝寻药，分灯夜读书。
虽然在城市，还得似樵渔。

塞上曲

行人朝走马，直走蓟城傍。

蓟城通汉北，万里别吴乡。

海上一烽火，沙中百战场。

军书发上郡，春色度河阳。

袅袅汉宫柳，青青胡地桑。

琵琶出塞曲，横笛断君肠。

悼孩子

年长始一男，心亦颇自娱。

生来岁未周，奄然却归无。

裸送不以衣，瘗埋于中衢。

乳母抱出门，所生亦随呼。

婴孩无哭仪，礼经不可逾。

亲戚相问时，抑悲空叹吁。

襁褓在旧床，每见立踟蹰。

静思益伤情，畏老为独夫。

惜花

夜来花欲尽，始惜两三枝。

早起寻稀处，闲眠记落时。

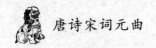

蕊焦蜂自散，蒂折蝶还移。

攀著殷勤别，明年更有期。

题美人

秦女窥人不解羞，攀花趁蝶出墙头。

胸前空带宜男草，嫁得萧郎爱远游。

山中寄樊仆射

却忆东溪日，同年事鲁儒。

僧房闲共宿，酒肆醉相扶。

天畔双旌贵，山中病客孤。

无谋还有计，春谷种桑榆。

题宇文裔山寺读书院

读书林下寺，不出动经年。

草阁连僧院，山厨共石泉。

云庭无履迹，龛壁有灯烟。

年少今头白，删诗到几篇。

赠兰若僧

一身禅诵苦，洒扫古花宫。
静室门常闭，深萝月不通。
悬灯乔木上，鸣磬乱幡中。
附入高僧传，长称二远公。

山中自述

三十无名客，空山独卧秋。
病多知药性，年长信人愁。
萤影竹窗下，松声茅屋头。
近来心更静，不梦世间游。

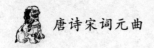

夜会李太守宅

郡斋常夜扫，不卧独吟诗。

把烛近幽客，升堂戴接z5。

微风吹冻叶，馀雪落寒枝。

明日逢山伴，须令隐者知。

题柏台山僧

上方唯一室，禅定对山容。

行道临孤壁，持斋听远钟。

枯藤离旧树，朽石落高峰。

不向云间见，还应梦里逢。

寄续尊师

得道任发白，亦逢城市游。

新经天上取，稀药洞中收。

春木带枯叶，新蒲生漫流。

年年望灵鹤，常在此山头。

题南峰褚道士

得道南山久，曾教四皓棋。

闭门医病鹤，倒箧养神龟。

松际风长在，泉中草不衰。

谁知茅屋里，有路向峨嵋。

赠不食姑

不食非关药，天生是女仙。

见人还起拜，留伴亦开田。

无窟寻溪宿，兼衣扫叶眠。

不知何代女，犹带剪刀钱。

送李明府归别业

寄家丹水边，归去种春田。

白发无知己，空山又一年。

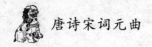

鹿裘长酒气，茅屋有茶烟。

亦拟辞人世，何溪有瀑泉。

题树下禅师

久行多不定，树下是禅床。

寂寂心无住，年年日自长。

虫蛇同宿涧，草木共经霜。

已见南人说，天台有旧房。

题服柏先生

服柏不飞炼，闲眠闭草堂。

有泉唯盥漱，留火为焚香。

新雨闲门静，孤松满院凉。

仍闻枕中术，曾授汉淮王。

哭凌霄山光上人

身没碧峰里，门人改葬期。

买山寻主远，垒塔化人迟。

鬼火穿空院，秋萤入素帷。

黄昏溪路上，闻哭竺乾师。

途中寄杨涉

萧萧卢荻晚，一径入荒陂。

日色云收处，蛙声雨歇时。

前村见来久，羸马自行迟。

闻作王门客，应闲白接 z5。

送韦判官归蓟门

桑干归路远，闻说亦愁人。

有雪常经夏，无花空到春。

下营云外火，收马月中尘。

白首从戎客，青衫未离身。

出塞

葱岭秋尘起，全军取月支。

山川引行阵，蕃汉列旌旗。

转战疲兵少，孤城外救迟。

边人逢圣代，不见偃戈时。

微雪军将出，吹箛天未明。

观兵登古戍，斩将对双旌。

分阵瞻山势，潜兵制马鸣。

如今青史上，已有灭胡名。

单于骄爱猎，放火到军城。

乘月调新马，防秋置远营。

空山朱戟影，寒碛铁衣声。

度水逢胡说，沙阴有伏兵。

赠李太守

几年为郡守，家似布衣贫。

沽酒迎幽客，无金与近臣。

捣茶书院静，讲易药堂春。

归阙功成后，随车有野人。

送张司直入单于

若过并州北，谁人不忆家。

寒深无伴侣，路尽有平沙。

碛冷唯逢雁，天春不见花。

莫随征将意，垂老事轻车。

春山居

独来多任性，惟与白云期。

深处花开尽，迟眠人不知。

水流山暗处，风起月明时。

望见南峰近，年年懒更移。

游瀑泉寺

日夕寻未遍，古木寺高低。

粉壁犹遮岭，朱楼尚隔溪。

厨窗通涧鼠，殿迹立山鸡。

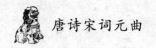

更有无人处，明朝独向西。

送宫人入道归山

十岁吹箫入汉宫，看修水殿种芙蓉。

自伤白发辞金屋，许著黄衣向玉峰。

解语老猿开晓户，学飞雏鹤落高松。

定知别后宫中伴，应听猴山半夜钟。

公子行

少年初拜大长秋，半醉垂鞭见列侯。

马上抱鸡三市斗，袖中携剑五陵游。

玉箫金管迎归院，锦袖红妆拥上楼。

更向院西新买宅，月波春水入门流。

别齐太守

花里南楼春夜寒，还如王屋上天坛。

归山不道无明月，谁共相从到晓看。

登古城

独上闲城却下迟，秋山惨惨冢累累。

当时还有登城者，荒草如今知是谁。

哭刘夫子

近问南州客，云亡已数春。

痛心曾受业，追服恨无亲。

孀妇归乡里，书斋属四邻。

不知经乱后，奠祭有何人。

醉后寄山中友人

昨日山家春酒浓，野人相劝久从容。

独忆卸冠眠细草，不知谁送出深松。

都忘醉后逢廉度，不省归时见鲁恭。

知己尚嫌身酩酊，路人应恐笑龙钟。

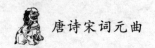

唐诗宋词元曲

温泉僧房

云里前朝寺，修行独几年。

山村无施食，盥漱亦安禅。

古塔巢溪鸟，深房闭谷泉。

自言曾入室，知处梵王天。

寻李暹

任性常多出，人来得见稀。

市楼逢酒住，野寺送僧归。

檐下悬秋叶，篱头晒褐衣。

门前南北路，谁肯入柴扉。

寻李逸人旧居

旧隐松林下，冲泉入两涯。

琴书随弟子，鸡犬在邻家。

茅屋长黄菌，槿篱生白花。

1112

幽坟无处访，恐是入烟霞。

赠碧玉

新绣笼裙豆蔻花，路人笑上返金车。
霓裳禁曲无人解，暗问梨园弟子家。

舟中月明夜闻笛

浦里移舟候信风，芦花漠漠夜江空。
更深何处人吹笛，疑是孤吟寒水中。

送迁客二首

得罪谁人送，来时不到家。
白头无侍子，多病向天涯。
莽苍凌江水，黄昏见塞花。
如今贾谊赋，不漫说长沙。
流人何处去，万里向江州。
孤驿瘴烟重，行人巴草秋。

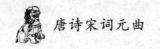

上帆南去远，送雁北看愁。

遍问炎方客，无人得白头。

赠王道者

去寻长不出，门似绝人行。

床下石苔满，屋头秋草生。

学琴寒月短，写易晚窗明。

唯到黄昏后，溪中闻磬声。

题合溪乾洞

渡水傍山寻绝壁，白云飞处洞天开。

仙人来往行无迹，石径春风长绿苔。

过张老园林

身老无修饰，头巾用白纱。

开门朝扫径，辇水夜浇花。

药气闻深巷，桐阴到数家。

1114

不愁还酒债，腰下有丹砂。

寓意

自小看花长不足，江边寻得数株红。

黄昏人散东风起，吹落谁家明月中？

哭王都护

老将明王识，临终拜上公。

告哀乡路远，助葬戍城空。

素幔朱门里，铭旌秋巷中。

史官如不滥，独传说英雄。

饯司农宋卿立太尉碑了还江东

追立新碑日，怜君苦一身。

远移深涧石，助立故乡人。

草色荒坟绿，松阴古殿春。

平生心已遂，归去得垂纶。

送唐大夫让节归山

年老功成乞罢兵，玉阶匍匐进双旌。

朱门鸳瓦为仙观，白领狐裘出帝城。

侍女休梳官样髻，蕃童新改道家名。

到时浸发春泉里，犹梦红楼箫管声。

买山吟

买得幽山属汉阳，槿篱疏处种桄榔。

唯有猕猴来往熟，弄人抛果满书堂。

秦越人洞中咏

扁鹊得仙处，传是西南峰。

年年山下人，长见骑白龙。

洞门黑无底，日夜唯雷风。

清斋将入时，戴星兼抱松。

石径阴且寒，地响知远钟。

似行山林外，闻叶履声重。

低碍更俯身，渐远昼夜同。

时时白蝙蝠，飞入茅衣中。

行久路转窄，静闻水淙淙。

但愿逢一人，自得朝天宫。

宿西山修下元斋咏

幽人在何处，松桧深冥冥。

西峰望紫云，知处安期生。

沐浴溪水暖，新衣礼仙名。

脱屦入静堂，绕像随礼行。

碧纱笼寒灯，长幡缀金铃。

林下听法人，起坐枯叶声。

启奏修律仪，天曙山鸟鸣。

分行布菅茅，列坐满中庭。

持斋候撞钟，玉函散宝经。

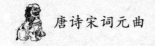
焚香开卷时，照耀金室明。

投简石洞深，称过上帝灵。

学道能苦心，自古无不成。

过凌霄洞天谒张先生祠

戢戢乱峰里，一峰独凌天。

下看如尖高，上有十里泉。

志人爱幽深，一住五十年。

悬牍到其上，乘牛耕药田。

衣食不下求，乃是云中仙。

山僧独知处，相引冲碧烟。

断崖昼昏黑，槎枿横只椽。

面壁攀石棱，养力方敢前。

累歇日已没，始到茅堂边。

见客不问谁，礼质无周旋。

醉卧枕欹树，寒坐展青毡。

折松扫藜床，秋果颜色鲜。

炼蜜敲石炭，洗澡乘瀑泉。

白犬舐客衣，惊走闻腥膻。

乃知轩冕徒，宁比云壑眠。

山中访道者

触烟入溪口，岸岸唯柽栎。

其中尽碧流，十里不通屐。

出林山始转，绝径缘峭壁。

把藤借行势，侧足凭石脉。

歔牙断行处，光滑猿猱迹。

忽然风景异，乃到神仙宅。

天晴茅屋头，残云蒸气白。

隔窗梳发声，久立闻吹笛。

抱琴出门来，不顾人间客。

山院不洒扫，四时自虚寂。

落叶埋长松，出地才数尺。

曾读上清经，知注长生籍。

愿示不死方，何山有琼液。

寄卢俨员外秋衣词

寄远空以心，心诚亦难知。

箧中有秋帛，裁作远客衣。

缝制虽女功，尽度手自持。

容貌常目中，长短不复疑。

斜缝密且坚，游客多尘缁。

意欲都无言，浣濯耐岁时。

殷勤托行人，传语慎勿遗。

别来年已老，亦闻鬓成丝。

纵然更相逢，握手唯是悲。

所寄莫复弃，愿见长相思。

种树

一树新栽益四邻，野夫如到旧山春。

树成多是人先老，垂白看他攀折人。

哭李暹

驱马街中哭送君，灵车碾雪隔城闻。

唯有山僧与樵客，共舁孤榇入幽坟。

古挽歌

双辙出郭门，绵绵东西道。

送死多于生，几人得终老。

见此切肺肝，不如归山好。

不闻哀哭声，默默安怀抱。

时尽从物化，又免生忧挠。

世间寿者稀，尽为悲伤恼。

送哭谁家车，灵幡紫带长。

青童抱何物，明月与香囊。

可惜罗衣色，看异入水泉。

莫愁埏道暗，烧漆得千年。

阴风吹黄蒿，挽歌度秋水。

车马却归城，孤坟月明里。

别旧山

旧伴同游尽却回，云中独宿守花开。

自是去人身渐老，暮山流水任东来。

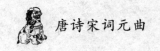

寄周恽

家在荒陂长似秋，蓼花芹叶水虫幽。

去年相伴寻山客，明月今宵何处游？

野田行

日暮出古城，野田何茫茫。

寒狐上孤冢，鬼火烧白杨。

昔人未为泉下客，若到此中还断肠。

襄阳寒食

烟水初销见万家，东风吹柳万条斜。

大堤欲上谁相伴，马踏春泥半是花。

祖咏诗集

祖咏（699～746?），洛阳（今属河南）人，后迁居汝水以北，开元十二年进士。曾因张说推荐，任过短时期的驾部员外郎。诗多状景咏物，宣扬隐逸生活。其诗讲求对仗，亦带有诗中有画之色彩，其与王维友善，盖"物以类聚，人以群分"或"近朱者赤，近墨者黑"故也。代表作有《终南望馀雪》、《望蓟门》、《七夕》、《汝坟秋同仙州王长史翰闻百舌鸟》、《陆浑水亭》、《家园夜坐寄郭微》、《送丘为下第》、《古意二首》等，其中以《终南望馀雪》和《望蓟门》两首诗为最著名。《望蓟门》诗描写沙场塞色，写得波澜壮阔，令人震动，其中"万里寒光生积雪，三边曙色动危旌"为有名的佳句。诗一卷。

终南望馀雪

终南阴岭秀，积雪浮云端。

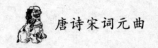

林表明霁色，城中增暮寒。

望蓟门

燕台一望客心惊，箫鼓喧喧汉将营。

万里寒光生积雪，三边曙色动危旌。

沙场烽火连胡月，海畔云山拥蓟城。

少小虽非投笔吏，论功还欲请长缨。

七夕

闺女求天女，更阑意未阑。

玉庭开粉席，罗袖捧金盘。

向月穿针易，临风整线难。

不知谁得巧，明旦试相看。

汝坟秋同仙州王长史翰闻百舌鸟

秋天闻好鸟，惊起出帘帷。

却念殊方月，能鸣已后时。

迁乔诚可早，出谷此何迟。

顾影惭无对，怀群空所思。

凄凉岁欲晚，萧索燕将辞。

留听未终曲，弥令心独悲。

高飞凭力致，巧啭任天姿。

返覆知而静，间关断若遗。

花繁上林路，霜落汝川湄。

且长凌风翮，乘春自有期。

陆浑水亭

昼眺伊川曲，岩间霁色明。

浅沙平有路，流水漫无声。

浴鸟沿波聚，潜鱼触钓惊。

更怜春岸绿，幽意满前楹。

家园夜坐寄郭微

前阶微雨歇，开户散窥林。

月出夜方浅，水凉池更深。

馀风生竹树，清露薄衣襟。

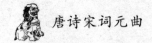

遇物遂遥叹，怀人滋远心。

依稀成梦想，影响绝徽音。

谁念穷居者，明时嗟陆沉。

渡淮河寄平一

天色混波涛，岸阴匝村墅。

微微汉祖庙，隐隐江陵渚。

云树森已重，时明郁相拒。

夕次圃田店

前路入郑郊，尚经百馀里。

马烦时欲歇，客归程未已。

落日桑柘阴，遥村烟火起。

西还不遑宿，中夜渡泾水。

田家即事

旧居东皋上，左右俯荒村。

樵路前傍岭，田家遥对门。

欢娱始披拂，惬意在郊原。

馀霄荡川雾，新秋仍昼昏。

攀条憩林麓，引水开泉源。

稼穑岂云倦，桑麻今正繁。

方求静者赏，偶与潜夫论。

鸡黍何必具，吾心知道尊。

扈从御宿池

君王既巡狩，辇道入秦京。

远树低枪垒，孤峰入幔城。

寒疏清禁漏，夜警羽林兵。

谁念迷方客，长怀魏阙情。

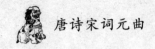
唐诗宋词元曲

赠苗发员外

宿雨朝来歇，空山天气清。

盘云双鹤下，隔水一蝉鸣。

古道黄花落，平芜赤烧生。

茂陵虽有病，犹得伴君行。

答王维留宿

四年不相见，相见复何为。

握手言未毕，却令伤别离。

升堂还驻马，酌醴便呼儿。

语嘿自相对，安用傍人知。

长乐驿留别卢象裴总

朝来已握手，宿别更伤心。

灞水行人渡，商山驿路深。

故情君且足，谪宦我难任。

1128

直道皆如此，谁能泪满襟。

宴吴王宅

吴王承国宠，列第禁城东。

连夜征词客，当春试舞童。

砌分池水岸，窗度竹林风。

更待西园月，金尊乐未终。

观华岳

西入秦关口，南瞻驿路连。

彩云生阙下，松树到祠边。

作镇当官道，雄都俯大川。

莲峰径上处，仿佛有神仙。

泗上冯使君南楼作

井邑连淮泗，南楼向晚过。

望滩沙鹭起，寻岸浴童歌。

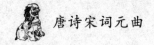

近海云偏出，兼秋雨更多。

明晨拟回棹，乡思恨风波。

苏氏别业

别业居幽处，到来生隐心。

南山当户牖，沣水映园林。

屋覆经冬雪，庭昏未夕阴。

寥寥人境外，闲坐听春禽。

汝坟别业

失路农为业，移家到汝坟。

独愁常废卷，多病久离群。

鸟雀垂窗柳，虹霓出涧云。

山中无外事，樵唱有时闻。

过郑曲

路向荣川谷，晴来望尽通。

细烟生水上，圆月在舟中。

岸势迷行客，秋声乱草虫。

旅怀劳自慰，淅淅有凉风。

宿陈留李少府揆厅

相知有叔卿，讼简夜弥清。

旅泊倦愁卧，堂空闻曙更。

风帘摇烛影，秋雨带虫声。

归思那堪说，悠悠限洛城。

题韩少府水亭

梅福幽栖处，佳期不忘还。

鸟吟当户竹，花绕傍池山。

水气侵阶冷，松阴覆座闲。

宁知武陵趣，宛在市朝间。

题远公经台

兰若无人到，真僧出复稀。

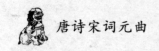

苔侵行道席，云湿坐禅衣。

涧鼠缘香案，山蝉噪竹扉。

世间长不见，宁止暂忘归。

中峰居喜见苗发

自得中峰住，深林亦闭关。

经秋无客到，入夜有僧还。

暗涧泉声小，荒冈树影闲。

高窗不可望，星月满空山。

江南旅情

楚山不可极，归路但萧条。

海色晴看雨，江声夜听潮。

剑留南斗近，书寄北风遥。

为报空潭橘，无媒寄洛桥。

泊扬子津

才入维扬郡，乡关此路遥。

林藏初过雨，风退欲归潮。

江火明沙岸，云帆碍浦桥。

客衣今日薄，寒气近来饶。

晚泊金陵水亭

江亭当废国，秋景倍萧骚。

夕照明残垒，寒潮涨古濠。

就田看鹤大，隔水见僧高。

无限前朝事，醒吟易觉劳。

酬汴州李别驾赠

秋风多客思，行旅厌艰辛。

自洛非才子，游梁得主人。

文章参末议，荣贱岂同伦。

叹逝逢三演，怀贤忆四真。

情因恩旧好，契托死生亲。

所愧能投赠，清言益润身。

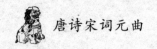

清明宴司勋刘郎中别业

田家复近臣，行乐不违亲。

霁日园林好，清明烟火新。

以文长会友，唯德自成邻。

池照窗阴晚，杯香药味春。

檐前花覆地，竹外鸟窥人。

何必桃源里，深居作隐沦。

赠苗发员外

朱户敞高扉，青槐碍落晖。

八龙乘庆重，三虎递朝归。

坐竹人声绝，横琴鸟语稀。

花惭潘岳貌，年称老莱衣。

叶暗朱樱熟，丝长粉蝶飞。

应怜鲁儒贱，空与故山违。

寄王长史

汝颖俱宿好，往来托层峦。
终日何寂寞，绕篱生蕙兰。

别怨

送别到中流，秋船倚渡头。
相看尚不远，未可即回舟。

杨师道诗集

杨师道，字景猷，华阴人，隋宗室也，清警有才思。入唐，尚桂阳公主，封安德郡公。贞观中，拜侍中，参豫朝政，迁中书令，罢为吏部尚书。师道善草隶，工诗，每与有名士燕集，歌咏自适。帝每见其诗，必吟讽嗟赏。后赐宴，帝曰："闻公每酣赏，捉笔赋诗，如宿构者，试为朕为之。"师道再拜，少选辄成，无所审定，一座嗟伏。卒谥曰懿。其诗题材丰富，咏物应诏诗相对较多；风格如溪流清音，澄澈明丽。代表作有《陇头水》、《侍宴赋得起坐弹鸣琴二首》、《初宵看婚》、《春朝闲步》、《还山宅》等。其中《侍宴赋得起坐弹鸣琴二首》（二）借用俞伯牙钟子期高山流水的故事，指出"罕有知音者，空劳流水声"，写得很是令人感伤。另外诗《春朝闲步》中的"雾中分晓日，花里弄春禽。野径香恒满，山阶笋屡侵"，《还山宅》里的"芳草无行径，空山正落花"等都是难得的佳句。集十卷，今编诗一卷（全唐诗上卷第三十四）。

陇头水

陇头秋月明，陇水带关城。

笳添离别曲，风送断肠声。

映雪峰犹暗，乘冰马屡惊。

雾中寒雁至，沙上转蓬轻。

天山传羽檄，汉地急征兵。

阵开都护道，剑聚伏波营。

于兹觉无渡，方共濯胡缨。

侍宴赋得起坐弹鸣琴二首

北林鹊夜飞，南轩月初进。

调弦发清徵，荡心祛褊吝。

变作离鸿声，还入思归引。

长叹未终极，秋风飘素鬓。

丝传园客意，曲奏楚妃情。

罕有知音者，空劳流水声。

初宵看婚

洛城花烛动，戚里画新蛾。

隐扇羞应惯，含情愁已多。

轻啼湿红粉，微睇转横波。

更笑巫山曲，空传暮雨过。

春朝闲步

休沐乘闲豫，清晨步北林。

池塘藉芳草，兰芷袭幽衿。

雾中分晓日，花里弄春禽。

野径香恒满，山阶笋屡侵。

何须命轻盖，桃李自成阴。

还山宅

暮春还旧岭，徙倚玩年华。

芳草无行径，空山正落花。

垂藤扫幽石，卧柳碍浮槎。

鸟散茅檐静，云披涧户斜。

依然此泉路，犹是昔烟霞。

阙题

汉家伊洛九重城，御路浮桥万里平。

桂户雕梁连绮翼，虹梁绣柱映丹楹。

朝光欲动千门曙，丽日初照百花明。

燕赵蛾眉旧倾国，楚宫腰细本传名。

二月桑津期结伴，三春淇水逐关情。

兰丛有意飞双蝶，柳叶无趣隐啼莺。

扇里细妆将夜并，风前独舞共花荣。

两鬟百万谁论价，一笑千金判是轻。

不为披图来侍寝，非因主第奉身迎。

羊车讵畏青门闭，兔月今宵照后庭。

赋终南山用风字韵应诏

眷言怀隐逸，辍驾践幽丛。

白云飞夏雨，碧岭横春虹。

草绿长杨路，花疏五柞宫。

登临日将晚，兰桂起香风。

咏饮马应诏

清晨控龙马，弄影出花林。

躞蹀依春涧，联翩度碧浔。

苔流染丝络，水洁写雕簪。

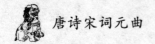

一御瑶池驾，讵忆长城阴。

咏琴

久擅龙门质，孤竦峄阳名。

齐娥初发弄，赵女正调声。

嘉客勿遽反，繁弦曲未成。

咏笙

短长插凤翼，洪细摹鸾音。

能令楚妃叹，复使荆王吟。

切切孤竹管，来应云和琴。

应诏咏巢乌

桂树春晖满，巢乌刷羽仪。

朝飞丽城上，夜宿碧林陲。

背风藏密叶，向日逐疏枝。

仰德还能哺，依仁遂可窥。

惊鸣雕辇侧，王吉自相知。

奉和圣制春日望海

春山临渤海，征旅辍晨装。

回瞰卢龙塞，斜瞻肃慎乡。

洪波回地轴，孤屿映云光。

落日惊涛上，浮天骇浪长。

仙台隐螭驾，水府泛鼋梁。

碣石朝烟灭，之罘归雁翔。

北巡非汉后，东幸异秦皇。

搴旗羽林客，跋距少年场。

龙击驱辽水，鹏飞出带方。

将举青丘缴，安访白霓裳。

咏马

宝马权奇出未央，雕鞍照曜紫金装。

春草初生驰上苑，秋风欲动戏长杨。

鸣珂屡度章台侧，细蹀经向濯龙傍。

徒令汉将连年去，宛城今已献名王。

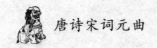

奉和咏弓

霜重麟胶劲，风高月影圆。

乌飞随帝辇，雁落逐鸣弦。

咏砚

圆池类璧水，轻翰染烟华。

将军欲定远，见弃不应赊。

咏舞

二八如回雪，三春类早花。

分行向烛转，一种逐风斜。

赵徵明诗集

赵徵明，天水人。工书，诗三首，皆是十分值得重视的佳作。《回军跛者》写一个回乡的跛脚老军，拄着"一枝假枯木"，步履维艰，"去时日一百，来时月一程"（当年去边城时能日行百里，现在退役还乡整整一个月才行短短一程），时刻担心自己会倒在路旁，"掩弃狐兔茔"，"所愿死乡里，到日不愿生"（唯一的心愿是能赶回家乡，立刻死掉），此情此景真令人痛断肝肠，其艺术感染力与三国时王粲著名的《七哀诗》相仿佛。后两首分别写死别、生离，亦皆写得悲气弥天，读之泪泫，足见徵明铺陈渲染之功夫。

回军跛者

既老又不全，始得离边城。

一枝假枯木，步步向南行。

去时日一百，来时月一程。

常恐道路旁，掩弃狐兔茔。

所愿死乡里，到日不愿生。

闻此哀怨词，念念不忍听。

惜无异人术，倏忽具尔形。

张若虚诗集

　　张若虚，扬州人。曾任兖州兵曹。中宗神龙（705～707）年间，与贺知章、贺朝、万齐融、邢巨、包融等俱以文词俊秀驰名于京都，其与贺知章、张旭、包融并称为"吴中四士"。玄宗开元时尚在世。诗二首，其中《春江花月夜》是一篇脍炙人口的名作，它沿用陈隋乐府旧题来抒写真挚感人的离别情绪和富有哲理意味的人生感慨，语言清新优美，韵律婉转悠扬，完全洗去了宫体诗的浓脂艳粉，给人以澄澈空明、清丽自然的感觉，后人评价称"张若虚《春江花月夜》用《西洲》格调，孤篇横绝，竟为大家。李贺、商隐，揖其鲜润；宋词、元诗，尽其支流"，足见其非同凡响的崇高地位和悠悠不尽之深远影响。该诗中的"春江潮水连海平，海上明月共潮生"、"江天一色无纤尘，皎皎空中孤月轮"、"此时相望不相闻，愿逐月华流照君"和"不知乘月几人归，落月摇情满江树"等皆是描摹细腻、情景交融的极佳之句。

春江花月夜

春江潮水连海平，海上明月共潮生。

滟滟随波千万里，何处春江无月明。

江流宛转绕芳甸，月照花林皆似霰。

空里流霜不觉飞，汀上白沙看不见。

江天一色无纤尘，皎皎空中孤月轮。

江畔何人初见月，江月何年初照人。

人生代代无穷已，江月年年只相似。

不知江月待何人，但见长江送流水。

白云一片去悠悠，青枫浦上不胜愁。

谁家今夜扁舟子，何处相思明月楼。

可怜楼上月裴回，应照离人妆镜台。

玉户帘中卷不去，捣衣砧上拂还来。

此时相望不相闻，愿逐月华流照君。

鸿雁长飞光不度，鱼龙潜跃水成文。

昨夜闲潭梦落花，可怜春半不还家。

江水流春去欲尽，江潭落月复西斜。

斜月沉沉藏海雾，碣石潇湘无限路。

不知乘月几人归，落月摇情满江树。

代答闺梦还

关塞年华早，楼台别望违。

试衫著暖气，开镜觅春晖。

燕入窥罗幕，蜂来上画衣。

情催桃李艳，心寄管弦飞。

妆洗朝相待，风花暝不归。

梦魂何处入，寂寂掩重扉。

袁郊诗集

　　袁郊，字之仪，朗山人，滋之子也。咸通时，为祠部郎中。昭宗朝，为翰林学士。诗五首，前四首皆为咏物诗，但其写法与同样以写咏物诗著称的罗隐有所不同，后者多直接从所咏物本身出发，结合一些有关的俗谚常理，反用其义，以达到引人深思的效果；而之仪的诗多结合神话历史故事，挖掘新意，给人以悠远奇幻的感觉，如《月》、《霜》、《云》皆是如此。《月》一诗联想嫦娥偷长生灵药、奔入蟾宫（即月宫）的神话故事，使"（她的丈夫）后羿遍寻无觅处"，谁曾想到她会躲在天上月里呢？"谁知天上却容奸"，神仙居住的天界居然藏着个小偷．写得十分生动，意趣盎然。

月

嫦娥窃药出人间，藏在蟾宫不放还。
后羿遍寻无觅处，谁知天上却容奸。

霜

古今何事不思量，尽信邹生感彼苍。
但想燕山吹暖律，炎天岂不解飞霜。

露

湛湛腾空下碧霄，地卑湿处更偏饶。
菅茅丰草皆沾润，不道良田有旱苗。

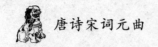

云

楚甸尝闻旱魃侵，从龙应合解为霖。

荒淫却入阳台梦，惑乱怀襄父子心。

闻人说海北事有感

故乡归路隔高雷，见说年来事可哀。

村落日中眠虎豹，田园雨后长蒿莱。

海隅久已无春色，地底真成有劫灰。

荆棘满山行不得，不知当日是谁栽。

崔涯诗集

崔涯，吴楚间人，与张祜齐名。其诗风清丽雅秀，语言超逸。诗八首，其中《别妻》、《咏春风》、《杂嘲二首》（其一）等皆是佳作，又尤以《别妻》为最善。该诗写夫妻之别，接连用了两个比喻：一是仿佛"陇上泉流陇下分",令人"断肠呜咽"就象那分流的陇泉一样;二是想到妻子如嫦娥入月,难于再见,只留下"千秋空白云",真是痛伤人心。全诗构思设喻十分巧妙,结构上浑然一体,一气呵成,有极强的艺术感染力,诚佳作也!《咏春风》写春风的高情逸韵,虽"动地经天"却不伤物,写法亦十分超逸离俗,值得借鉴。

别妻

陇上泉流陇下分,断肠呜咽不堪闻。
嫦娥一入月中去,巫峡千秋空白云。

咏春风

动地经天物不伤,高情逸韵住何方。
扶持燕雀连天去,断送杨花尽日狂。
绕桂月明过万户,弄帆晴晚渡三湘。
孤云虽是无心物,借便吹教到帝乡。

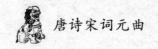

竹

领得溪风不放回，傍窗缘砌遍庭栽。

须招野客为邻住，看引山禽入郭来。

幽院独惊秋气早，小门深向绿阴开。

谁怜翠色兼寒影，静落茶瓯与酒杯。

黄蜀葵

野栏秋景晚，疏散两三枝。

嫩碧浅轻态，幽香闲澹姿。

露倾金盏小，风引道冠敧。

独立悄无语，清愁人讵知。

侠士诗

太行岭上二尺雪，崔涯袖中三尺铁。

一朝若遇有心人，出门便与妻儿别。

悼妓

赤板桥西小竹篱，槿花还似去年时。
淡黄衫子浑无色，肠断丁香画雀儿。

刘禹锡诗集

刘禹锡（772～842）字梦得，彭城（今江苏徐州）人，唐代中期诗人、哲学家。政治上主张革新，是王叔文派政治革新活动的中心人物之一。后被贬为郎州司马、连州刺史，晚年任太子宾客。他的一些诗歌反映了作者进步的思想，其学习民歌写成的《竹枝词》等诗具有新鲜活泼，健康开朗的显著特色，情调上独具一格。语言简朴生动，情致缠绵，其代表作有《乌衣巷》、《秋词》、《竹枝》（六）、《浪淘沙》（一）、《浪淘沙》（八）、《杨柳枝》（一）、《西塞山怀古》、《酬乐天扬州初逢席上见赠》等，其中《竹枝》（六）中"道是无晴（情）却有晴（情）"句为著名的双关语，足见诗人之匠心独具。其诗结有《刘宾客集》。

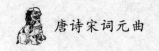

秋风引

何处秋风至，萧萧送雁群。

朝来入庭树，孤客最先闻。

堤上行

酒旗相望大堤头，堤下连樯堤上楼。

日暮行人争渡急，桨声幽轧满中流。

秋词

自古逢秋悲寂寥，我言秋日胜春朝。

晴空一鹤排云上，便引诗情到碧霄。

再游玄都观

百亩庭中半是苔，桃花净尽菜花开。

种桃道士归何处，前度刘郎今又来。

望洞庭

湖光秋月两相和，潭面无风镜未磨。

遥望洞庭山水翠，白银盘里一青螺。

江南春

新妆宜面下朱楼，深锁春光一院愁。

行到中庭数花朵，蜻蜓飞上玉搔头。

竹枝

白帝城头春草生，白盐山下蜀江清。

南人上来歌一曲，北人莫上动乡情。

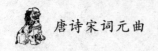

竹枝

瞿塘嘈嘈十二滩，此中道路古来难。

长恨人心不如水，等闲平地起波澜。

竹枝

山上层层桃李花，云间烟火是人家。

银钏金钗来负水，长刀短笠去烧畬。

竹枝

山桃红花满上头，蜀江春水拍山流。

花红易衰似郎意，水流无限似侬愁。

竹枝

巫峡苍苍烟雨时，清猿啼在最高枝。

个里愁人肠自断，由来不是此声悲。

1154

竹枝

杨柳青青江水平，闻郎江上唱歌声。

东边日出西边雨，道是无晴却有晴。

竹枝

楚水巴山江雨多，巴人能唱本乡歌。

今朝北客思归去，回入纥那披绿罗。

竹枝

两岸山花似雪开，家家春酒满银杯。

昭君坊中多女伴，永安宫外踏青来。

竹枝

日出三竿春雾消，江头蜀客驻兰桡。

凭寄狂夫书一纸，住在成都万里桥。

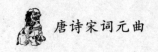

步虚词

阿母种桃云海际，花落子城二千岁。

海风吹折最繁枝，跪捧琼盘献天帝。

步虚词

华表千年一鹤归，凝丹为顶雪为衣。

星星仙语人听尽，却向五云翻翅飞。

纥那曲

杨柳郁青青，竹枝无限情。

同郎一回顾，听唱纥那声。

纥那曲

踏曲兴无穷，调同辞不同。

愿郎千万寿，长作主人翁。

浪淘沙

九曲黄河万里沙，浪淘风簸自天涯。

如今直上银河去，同到牵牛织女家。

浪淘沙

八月涛声吼地来，头高数丈触山回。

须臾却入海门去，卷起沙堆似雪堆。

浪淘沙

流水淘沙不暂停，前波未灭后波生。

令人忽忆潇湘渚，回唱迎神三两声。

浪淘沙

洛水桥边春日斜，碧流轻浅见琼沙。

无端陌上狂风急，惊起鸳鸯出浪花。

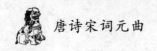

浪淘沙

莫道谗言如浪深，莫言迁客似沙沉。

千淘万漉虽辛苦，吹尽寒沙始到金。

浪淘沙

汴水东流虎眼纹，清淮晓色鸭头春。

君看渡口淘沙处，渡却人间多少人。

浪淘沙

濯锦江边两岸花，春风吹浪正淘沙。

女郎剪下鸳鸯锦，将向中流定晚霞。

浪淘沙

日照澄洲江雾开，淘金女伴满江隈。

美人首饰侯王印，尽是沙中浪底来。

杨柳枝

塞北梅花羌笛吹，淮南桂树小山词。

请君莫奏前朝曲，听唱新翻杨柳枝。

杨柳枝

御陌青门拂地垂，千条金缕万条丝。

如今绾作同心结，将赠行人知不知。

杨柳枝

南陌东城春草时，相逢何处不依依。

桃红李白皆夸好，须得垂杨相发挥。

杨柳枝

城外春风吹酒旗，行人挥袂日西时。

长安陌上无穷树，唯有垂杨管别离。

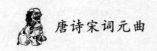

杨柳枝

扬子江头烟景迷，隋家宫树拂金堤。
嵯峨犹有当时色，半蘸波中水鸟栖。

杨柳枝

巫峡巫山杨柳多，朝云暮雨远相和。
因想阳台无限事，为君回唱竹枝歌。

杨柳枝

凤阙轻遮翡翠帏，龙墀遥望麴尘丝。
御沟春水相辉映，狂杀长安年少儿。

杨柳枝

花萼楼前初种时，美人楼上斗腰肢。
如今抛掷长街里，露叶如啼欲恨谁。

杨柳枝

炀帝行宫汴水滨，数株残柳不胜春。

晚来风起花如雪，飞入宫墙不见人。

杨柳枝

金谷园中莺乱飞，铜驼陌上好风吹。

城东桃李须臾尽，争似垂杨无限时。

踏歌词

春江月出大堤平，堤上女郎连袂行。

唱尽新词欢不见，红窗映树鹧鸪鸣。

踏歌词

桃蹊柳陌好经过，镫下妆成月下歌。

为是襄王故宫地，至今犹自细腰多。

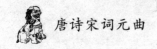

踏歌词

新词宛转递相传，振袖倾鬟风露前。

月落乌啼云雨散，游童陌上拾花钿。

踏歌词

日暮江南闻竹枝，南人行乐北人悲。

自从雪里唱新曲，直到三春花尽时。

潇湘神

斑竹枝，斑竹枝，泪痕点点寄相思。

楚客欲听瑶瑟怨，潇湘深夜月明时。

西塞山怀古

西晋楼船下益州，金陵王气黯然收。

千寻铁锁沉江底，一片降幡出石头。

人世几回伤心事，山形依旧枕寒流。

今逢四海为家日，故垒萧萧芦荻秋。

酬乐天扬州初逢席上见赠

巴山蜀水凄凉地，二十三年弃置身。

怀旧空吟闻笛赋，到乡翻似烂柯人。

沉舟侧畔千帆过，病树前头万木春。

今日闻君歌一曲，暂凭杯酒长精神。

张仲素诗集

　　张仲素，字绘之，河间人。宪宗时为翰林学士，后终中书舍人。其诗语言上十分清婉爽洁，悠远飘逸，少有庸作；题材上以写征人思妇的居多，也有描写宫乐春旅的作品。代表作有《春闺思》、《秋夜曲》、《玉绳低建章》、《宫中乐五首》、《陇上行》、《秋思赠远》、《塞下曲五首》、《秋思二首》、《燕子楼诗三首》、《上元日听太清宫步虚》等，其中以《春闺思》和《秋夜曲》为最著名。这两首诗都写思妇对戍边丈夫（征人）的绵绵情思：前者是在春天，此时"城柳袅袅，陌桑青青"，主人公正在采桑，但因为心有所思，惦念着远方的亲人（"昨夜梦渔阳"），以至"提笼忘采叶"（居然忘记了采桑叶）；后者是在秋夜，此刻"漏水丁丁，轻云漫漫"，在微露的月光中思念丈夫，只觉得这夜何其漫长，秋夜里潜藏的虫儿又整夜叫个不停，主人公想到将要秋去冬来，于是向老天祈愿："征衣未寄莫飞霜"，因为怕丈夫受冻。两首诗都写得极其传神逼真，感动人心。诗一卷（全唐诗中卷第三百六十七）。

春闺思

袅袅城边柳，青青陌上桑。

提笼忘采叶，昨夜梦渔阳。

秋夜曲

丁丁漏水夜何长，漫漫轻云露月光。

秋逼暗虫通夕响，征衣未寄莫飞霜。

缑山鹤

羽客骖仙鹤，将飞驻碧山。

映松残雪在，度岭片云还。

清唳因风远，高姿对水闲。

笙歌忆天上，城郭叹人间。

几变霜毛洁，方殊藻质斑。

迢迢烟路逸，奋翮讵能攀。

夜闻洛滨吹笙

王子千年后，笙音五夜闻。

逶迤绕清洛，断续下仙云。

泄泄飘难定，啾啾曲未分。

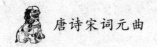

松风助幽律，波月动轻文。

凤管听何远，鸾声若在群。

暗空思羽盖，馀气自氛氲。

寒云轻重色

佳期当可许，托思望云端。

鳞影朝犹落，繁阴暮自寒。

因风方袅袅，间石已漫漫。

隐映看鸿度，霏微觉树攒。

凝空多似黛，引素乍如纨。

每向愁中览，含毫欲状难。

圣明乐

九陌祥烟合，千春瑞月明。

宫花将苑柳，先发凤凰城。

献寿词

玉帛殊方至，歌钟比屋闻。

华夷今一贯，同贺圣朝君。

宫中乐五首

网户交如绮，纱窗薄似烟。

乐吹天上曲，人是月中仙。

翠匣开寒镜，珠钗挂步摇。

妆成只畏晓，更漏促春宵。

红果瑶池实，金盘露井冰。

甘泉将避暑，台殿晓光凝。

月采浮鸾殿，砧声隔凤楼。

笙歌临水槛，红烛乍迎秋。

奇树留寒翠，神池结夕波。

黄山一夜雪，渭水泻声多。

春江曲二首

家寄征河岸，征人几岁游。

不如潮水信，每日到沙头。

乘晓南湖去，参差叠浪横。

前洲在何处，霜里雁嘤嘤。

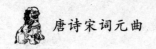

太平词

圣德超千古，皇威静四方。

苍生今息战，无事觉时良。

陇上行

行到黄云陇，唯闻羌戍鼙。

不如山下水，犹得任东西。

思君恩

紫禁香如雾，青天月似霜。

云韶何处奏，只是在朝阳。

王昭君

仙娥今下嫁，骄子自同和。

剑戟归田尽，牛羊绕塞多。

秋思赠远

博山沉燎绝馀香，兰烬金檠怨夜长。

为问青青河畔草，几回经雨复经霜。

塞上曲

卷斾生风喜气新，早持龙节静边尘。

汉家天子图麟阁，身是当今第一人。

汉苑行二首

回雁高飞太液池，新花低发上林枝。

年光到处皆堪赏，春色人间总不知。

春风淡荡景悠悠，莺啭高枝燕入楼。

千步回廊闻凤吹，珠帘处处上银钩。

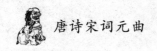

秦韬玉诗集

　　秦韬玉，字仲明，京兆人。中和二年，得准敕及第。僖宗幸蜀，以工部侍郎为田令孜神策判官。其诗皆是七言，构思奇巧，语言清雅，意境浑然，多有佳句，艺术成就很高。代表作有《贫女》、《长安书怀》、《桧树》、《题竹》、《对花》、《八月十五日夜同卫谏议看月》、《边将》、《织锦妇》、《钓翁》、《天街》、《豪家》、《陈宫》、《燕子》、《仙掌》、《独坐吟》、《咏手》、《春游》等，其中以《贫女》一诗流传最广、十分著名。该诗写蓬门荜户的贫家女子，一生未识绮罗香，"拟托良媒益自伤"（心里想找一个好婆家但又念及自家的贫困以及所谓的"门当户对"之婚姻惯例，不禁暗自悲伤），平日里梳妆俭朴，手工精巧却不用在画眉斗长上，"苦恨年年压金线，为他人作嫁衣裳"（可怜每日辛勤忙碌的刺绣劳作都只是为他人作嫁衣裳而已）。全诗语言简丽，描画细腻，寄寓深刻，情真意哀，不愧佳作，该诗的结句"为他人作嫁衣裳"为世人所熟诵。另外《长安书怀》中的"凉风吹雨滴寒更，乡思欺人拨不平"、《题竹》中的"卷帘阴薄漏山色，欹枕韵寒宜雨声"、《八月十五日夜同卫谏议看月》中的"寒光入水蛟龙起，静色当天鬼魅惊"、《天街》中的"宝马竞随朝暮客，香车争碾古今尘"等都是极佳的对句，充分显示了诗人出类拔萃、高人一筹的艺术才华。韬玉著有《投知小录》三卷，今编诗一卷（全唐诗下卷第六百七十）。

贫女

蓬门未识绮罗香，拟托良媒益自伤。

谁爱风流高格调，共怜时世俭梳妆。

敢将十指夸偏巧，不把双眉斗画长。

苦恨年年压金线，为他人作嫁衣裳。

长安书怀

凉风吹雨滴寒更，乡思欺人拨不平。

长有归心悬马首，可堪无寐枕蛩声。

岚收楚岫和空碧，秋染湘江到底清。

早晚身闲著蓑去，橘香深处钓船横。

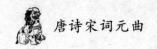

读五侯传

汉亡金镜道将衰，便有奸臣竞佐时。

专国只夸兄弟贵，举家谁念子孙危。

后宫得宠人争附，前殿陈诚帝不疑。

朱紫盈门自称贵，可嗟区宇尽疮痍。

春雪

云重寒空思寂寥，玉尘如糁满春朝。

片才著地轻轻陷，力不禁风旋旋销。

惹砌任他香粉妒，萦丛自学小梅娇。

谁家醉卷珠帘看，弦管堂深暖易调。

题竹

削玉森森幽思清，院家高兴尚分明。

卷帘阴薄漏山色，欹枕韵寒宜雨声。

斜对酒缸偏觉好，静笼棋局最多情。

却惊九陌轮蹄外，独有溪烟数十茎。

鹦鹉

每闻别雁竞悲鸣，却叹金笼寄此生。
早是翠襟争爱惜，可堪丹觜强分明。
云漫陇树魂应断，歌接秦楼梦不成。
幸自祢衡人未识，赚他作赋被时轻。

寄李处士

吕望甘罗道已彰，只凭时数为门张。
世途必竟皆应定，人事都来不在忙。
要路强干情本薄，旧山归去意偏长。
因君指似封侯骨，渐拟回头别醉乡。

对花

长与韶光暗有期，可怜蜂蝶却先知。
谁家促席临低树，何处横钗戴小枝。

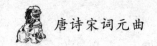

丽日多情疑曲照，和风得路合偏吹。

向人虽道浑无语，笑劝王孙到醉时。

寄怀

总藏心剑事儒风，大道如今已浑同。

会致名津搜俊彦，是张愁网绊英雄。

苏公有国皆悬印，楚将无官可赏功。

若使重生太平日，也应回首哭途穷。

八月十五日夜同卫谏议看月

常时月好赖新晴，不似年年此夜生。

初出海涛疑尚湿，渐来云路觉偏清。

寒光入水蛟龙起，静色当天鬼魅惊。

岂独座中堪仰望，孤高应到凤凰城。

亭台

雕楹累栋架崔嵬，院宇生烟次第开。

为向西窗添月色，岂辞南海取花栽。

意将画地成幽沼，势拟驱山近小台。

清境渐深官转重，春时长是别人来。

塞下

到处人皆著战袍，麾旗风紧马蹄劳。

黑山霜重弓添硬，青冢沙平月更高。

大野几重开雪岭，长河无限旧云涛。

凤林关外皆唐土，何日陈兵戍不毛。

织锦妇

桃花日日觅新奇，有镜何曾及画眉。

只恐轻梭难作匹，岂辞纤手遍生胝。

合蝉巧间双盘带，联雁斜衔小折枝。

豪贵大堆酬曲彻，可怜辛苦一丝丝。

曲江

曲沼深塘跃锦鳞，槐烟径里碧波新。

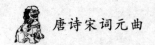

此中境既无佳境，他处春应不是春。

金榜真仙开乐席，银鞍公子醉花尘。

明年二月重来看，好共东风作主人。

隋堤

种柳开河为胜游，堤前常使路人愁。

阴埋野色万条思，翠束寒声千里秋。

西日至今悲兔苑，东波终不反龙舟。

远山应见繁华事，不语青青对水流。

天街

九衢风景尽争新，独占天门近紫宸。

宝马竞随朝暮客，香车争碾古今尘。

烟光正入南山色，气势遥连北阙春。

莫见繁华只如此，暗中还换往来人。

问古

大底荣枯各自行，兼疑阴骘也难明。

无门雪向头中出，得路云从脚下生。

深作四溟何浩渺，高为五岳太峥嵘。

都来总向人间看，直到皇天可是平。

豪家

石甃通渠引御波，绿槐阴里五侯家。

地衣镇角香狮子，帘额侵钩绣避邪。

按彻清歌天未晓，饮回深院漏犹赊。

四邻池馆吞将尽，尚白堆金为买花。

陈宫

临春高阁拟瀛洲，贪宠张妃作胜游。

更把江山为己有，岂知台榭是身雠。

金城暗逐歌声碎，钱瓮潜随舞势休。

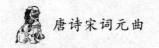

谁识古宫堪恨处，井桐吟雨不胜秋。

送友人罢举授南陵令

共言愁是酌离杯，况值弦歌枉大才。
献赋未为龙化去，除书犹喜凤衔来。
花明驿路燕脂暖，山入江亭罨画开。
莫把新诗题别处，谢家临水有池台。

投知己

炉中九转炼虽成，教主看时亦自惊。
群岳并天先减翠，大江临海恐无声。
赋归已罢吴门钓，身老仍抛楚岸耕。
唯有太平方寸血，今朝尽向隗台倾。

牡丹

拆妖放艳有谁催，疑就仙中旋折来。
图把一春皆占断，固留三月始教开。

1178

压枝金蕊香如扑，逐朵檀心巧胜裁。

好是酒阑丝竹罢，倚风含笑向楼台。

春游

选胜逢君叙解携，思和芳草远烟迷。

小梅香里黄莺啭，垂柳阴中白马嘶。

春引美人歌遍熟，风牵公子酒旗低。

早知有此关身事，悔不前年住越溪。

仙掌

万仞连峰积翠新，灵踪依旧印轮巡。

何如捧日安皇道，莫把回山示世人。

已擘峻流穿太岳，长扶王气拥强秦。

为余势负天工背，索取风云际会身。

燕子

不知大厦许栖无，频已衔泥到座隅。

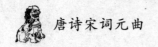

曾与佳人并头语，几回抛却绣工夫。

奉和春日玩雪

北阙同云掩晓霞，东风春雪满山家。
琼章定少千人和，银树先开六出花。

独坐吟

客愁不尽本如水，草色含情更无已。
又觉春愁似草生，何人种在情田里。

采茶歌

天柱香芽露香发，烂研瑟瑟穿荻篾。
太守怜才寄野人，山童碾破团团月。
倚云便酌泉声煮，兽炭潜然虬珠吐。
看著晴天早日明，鼎中飒飒筛风雨。
老翠看尘下才熟，搅时绕箸天云绿。
耽书病酒两多情，坐对闽瓯睡先足。

洗我胸中幽思清，鬼神应愁歌欲成。

吹笙歌

信陵名重怜高才，见我长吹青眼开。

便出燕姬再倾醑，此时花下逢仙侣。

弯弯狂月压秋波，两条黄金吐黄雾。

逸艳初因醉态见，浓春可是韶光与。

纤纤软玉捧暖笙，深思香风吹不去。

檀唇呼吸宫商改，怨情渐逐清新举。

岐山取得娇凤雏，管中藏著轻轻语。

好笑襄王大迂阔，曾卧巫云见神女。

银锁金簧不得听，空劳翠辇冲泥雨。

咏手

一双十指玉纤纤，不是风流物不拈。

鸾镜巧梳匀翠黛，画楼闲望擘珠帘。

金杯有喜轻轻点，银鸭无香旋旋添。

因把剪刀嫌道冷，泥人呵了弄人髯。

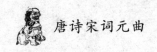

李约诗集

　　李约，字存博，自称萧斋。官兵部员外郎。其诗语言朴实，感情沉郁。诗十首，皆是不错的作品，其中尤以《观祈雨》为最善。该诗将久旱（以致"桑条无叶土生烟"）祈雨的情景与朱门的处处歌舞升平相对举，深刻揭露出统治阶级不顾劳动人民疾苦，终年贪图享乐、醉生梦死的社会现实，给人印象深刻。

观祈雨

桑条无叶土生烟，箫管迎龙水庙前。
朱门几处看歌舞，犹恐春阴咽管弦。

城南访裴氏昆季

相思起中夜，夙驾访柴荆。
早雾桑柘隐，晓光溪涧明。

村蹊蒿棘间，往往断新耕。

贫野烟火微，昼无乌鸢声。

田头逢饷人，道君南山行。

南山千里峰，尽是相思情。

野老无拜揖，村童多裸形。

相呼看车马，颜色喜相惊。

荒圃鸡豚乐，雨墙禾莠生。

欲君知我来，壁上空书名。

岁日感怀

曙气变东风，蟾壶夜漏穷。

新春几人老，旧历四时空。

身贱悲添岁，家贫喜过冬。

称觞惟有感，欢庆在儿童。

从军行三首

看图闲教阵，画地静论边。

乌垒天西戍，鹰姿塞上川。

路长唯算月，书远每题年。

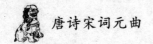

无复生还望，翻思未别前。

栅壕三面斗，箭尽举烽频。

营柳和烟暮，关榆带雪春。

边城多老将，碛路少归人。

杀尽金河卒，年年添塞尘。

候火起雕城，尘沙拥战声。

游军藏汉帜，降骑说蕃情。

霜落滹沱浅，秋深太白明。

嫖姚方虎视，不觉说添兵。

赠韦况

我有心中事，不与韦三说。

秋夜洛阳城，明月照张八。

江南春

池塘春暖水纹开，堤柳垂丝间野梅。

江上年年芳意早，蓬瀛春色逐潮来。

过华清宫

君王游乐万机轻，一曲霓裳四海兵。
玉辇升天人已尽，故宫犹有树长生。

病中宿宜阳馆闻雨

难眠夏夜抵秋赊，帘幔深垂窗烛斜。
风吹桐竹更无雨，白发病人心到家。

王涯诗集

王涯，字广津，太原人。博学，工属文。贞元中，擢进士。又举宏辞，调蓝田尉，以左拾遗为翰林学士，进起居舍人。宪宗元和初，贬虢州司马，徙袁州刺史。以兵部员外郎召知制诰，再为翰林学士，累迁工部侍郎。涯文有雅思，永贞、元和间，训诰温丽，多所稿定。拜中书侍郎、同中书门下平章事，寻罢，再迁吏部侍郎。穆宗立，出为剑南、东川节度使。长庆三年，入为御史大夫，迁户部尚书、盐铁转运使。敬宗宝历时，复出领山南西道节度使。文宗嗣位，召拜太常卿，以吏部尚书总盐铁。岁中，进尚书右仆射、代郡公。久之，以本官同中书门下平章事，俄检校司空、兼门下侍郎。李训败，乃及祸。其诗语言婉丽却有风骨，题材上多写边塞戎旅、春情闺思。代表作有《塞下曲二首》、《塞上曲二首》、《春闺思》、《闺人赠远五首》、《秋夜曲》、《秋思赠远二首》等，其中以《塞下曲二首》（其二）为最著名，该诗写少年游侠辞家从军去仗剑邀勋，血气方刚、年轻气盛，"不知马骨伤寒水，唯见龙城起暮云"，真是不愧英雄少年，给人印象深刻。集十卷，今编诗一卷（全唐诗中卷第三百四十六）。

塞下曲二首

辛勤几出黄花戍，迢递初随细柳营。
塞晚每愁残月苦，边愁更逐断蓬惊。
年少辞家从冠军，金妆宝剑去邀勋。
不知马骨伤寒水，唯见龙城起暮云。

塞上曲二首

天骄远塞行，出鞘宝刀鸣。

定是酬恩日，今朝觉命轻。

塞虏常为敌，边风已报秋。

平生多志气，箭底觅封侯。

春闺思

雪尽萱抽叶，风轻水变苔。

玉关音信断，又见发庭梅。

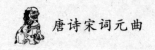

闺人赠远五首

花明绮陌春，柳拂御沟新。

为报辽阳客，流芳不待人。

远戍功名薄，幽闺年貌伤。

妆成对春树，不语泪千行。

形影一朝别，烟波千里分。

君看望君处，只是起行云。

啼莺绿树深，语燕雕梁晚。

不省出门行，沙场知近远。

洞房今夜月，如练复如霜。

为照离人恨，亭亭到晓光。

秋夜曲

桂魄初生秋露微，轻罗已薄未更衣。

银筝夜久殷勤弄，心怯空房不忍归。

秋思赠远二首

当年只自守空帷，梦里关山觉别离。

不见乡书传雁足，唯看新月吐蛾眉。

厌攀杨柳临清阁，闲采芙蕖傍碧潭。

走马台边人不见，拂云堆畔战初酣。

望禁门松雪

宿云开霁景，佳气此时浓。

瑞雪凝清禁，祥烟幂小松。

依稀鸳瓦出，隐映凤楼重。

金阙晴光照，琼枝瑞色封。

叶铺全类玉，柯偃乍疑龙。

讵比寒山上，风霜老昔容。

广宣上人以诗贺放榜和谢

延英面奉入春闱，亦选功夫亦选奇。

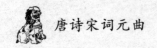

在冶只求金不耗，用心空学秤无私。

龙门变化人皆望，莺谷飞鸣自有时。

独喜至公谁是证，弥天上人与新诗。

平戎辞

太白秋高助发兵，长风夜卷虏尘清。

男儿解却腰间剑，喜见从王道化平。

游春词二首

曲江绿柳变烟条，寒谷冰随暖气销。

才见春光生绮陌，已闻清乐动云韶。

经过柳陌与桃蹊，寻逐春光著处迷。

鸟度时时冲絮起，花繁袅袅压枝低。

汉苑行

二月春风遍柳条，九天仙乐奏云韶。

蓬莱殿后花如锦，紫阁阶前雪未销。

献寿辞

宫殿参差列九重，祥云瑞气捧阶浓。
微臣欲献唐尧寿，遥指南山对衮龙。

春闺思

愁见游空百尺丝，春风挽断更伤离。
闲花落尽青苔地，尽日无人谁得知。

胡令能诗集

　　胡令能，莆田隐者，少为负局锼钉之业。梦人剖其腹，以一卷书内之，遂能吟咏，远近号为胡钉铰。诗四首，皆写得十分生动传神、精妙超凡，不愧是仙家所赠之诗作。《小儿垂钓》写一"蓬头稚子"学钓鱼，"侧坐莓苔草映身"，路人向他招手，想借问打听一些事情，那小儿却"怕得鱼惊不应人"（怕惊了鱼而不置一词），

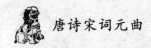

真是活灵活现、惟妙惟肖，其艺术成就丝毫不亚于杜牧著名的《清明》一诗。

小儿垂钓

蓬头稚子学垂纶，侧坐莓苔草映身。

路人借问遥招手，怕得鱼惊不应人。

喜韩少府见访

忽闻梅福来相访，笑著荷衣出草堂。

儿童不惯见车马，走入芦花深处藏。

观郑州崔郎中诸妓绣样

日暮堂前花蕊娇，争拈小笔上床描。

绣成安向春园里，引得黄莺下柳条。

王昭君

胡风似剑镂人骨，汉月如钩钓胃肠。

魂梦不知身在路，夜来犹自到昭阳。

卢汝弼诗集

卢汝弼（《才调集》作卢弼），登进士第，以祠部员外郎、知制诰，从昭宗迁洛。后依李克用，克用表为节度副使。其诗语言精丽清婉，辞多悲气。诗八首，皆是佳作，尤以《秋夕寓居精舍书事》和《和李秀才边庭四时怨》（其四）两首为最善。《秋夕寓居精舍书事》写秋日乡思，依情取景（所取景物包括"苔阶叶"、"满城杵"、"蟋蟀声"等），以景衬情，写得情景交融，感人至深。《和李秀才边庭四时怨》写边庭生活，一片悲气弥漫之中又含着雄壮，十分动人心魄。

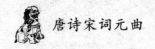

闻雁

秋风萧瑟静埃氛,边雁迎风响咽群。

瀚海应嫌霜下早,湘川偏爱草初薰。

芦洲宿处依沙岸,榆塞飞时度晚云。

何处最添羁客恨,竹窗残月酒醒闻。

和李秀才边庭四时怨

春风昨夜到榆关,故国烟花想已残。

少妇不知归不得,朝朝应上望夫山。

卢龙塞外草初肥,雁乳平芜晓不飞。

乡国近来音信断,至今犹自著寒衣。

八月霜飞柳半黄,蓬根吹断雁南翔。

陇头流水关山月,泣上龙堆望故乡。

朔风吹雪透刀瘢,饮马长城窟更寒。

半夜火来知有敌,一时齐保贺兰山。

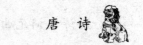

戎昱诗集

　　戎昱，荆南人，登进士第。卫伯玉镇荆南，辟为从事。建中中，为辰、虔二州刺史。其诗语言清丽婉朴，铺陈描写的手法较为多样，意境上大多写得悲气纵横（诗中常有"愁"、"泪"、"哭"、"啼"、"悲"、"涕"等字），颇为感人。题材上写边塞戎旅和秋思送别的诗很多。代表作有《塞下曲》、《移家别湖上亭》、《苦哉行五首》、《罗江客舍》、《客堂秋夕》、《从军行》、《江城秋霁》、《送陆秀才归觐省》、《霁雪》、《江上柳送人》、《辰州建中四年多怀》、《八月十五日》、《出军》、《红槿花》、《桂州岁暮》、《旅次寄湖南张郎中》等，其中以《塞下曲》和《移家别湖上亭》两首为最著名。《塞下曲》写戍边将士在劫空敌塞（虏塞）后凯旋归来，"高蹄战马三千匹，落日平原秋草中"，场面十分壮阔，撼动人心.《移家别湖上亭》写诗人搬家与"湖上亭"道别，亭边的"柳条藤蔓"仿佛系着离情，那黄莺也象与久居此地的诗人认识似的，因为将要离别连连地叫了四五声（"频啼四五声"），写得很是生动有趣。集五卷，今编诗

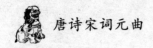

一卷。

塞下曲

汉将归来虏塞空，旌旗初下玉关东。

高蹄战马三千匹，落日平原秋草中。

移家别湖上亭

好是春风湖上亭，柳条藤蔓系离情。

黄莺久住浑相识，欲别频啼四五声。

出军

龙绕旌竿兽满旗，翻营乍似雪中移。

中军一队三千骑，尽是并州游侠儿。

旅次寄湖南张郎中

寒江近户漫流声，竹影临窗乱月明。

归梦不知湖水阔，夜来还到洛阳城。

客堂秋夕

隔窗萤影灭复流，北风微雨虚堂秋。

虫声竟夜引乡泪，蟋蟀何自知人愁。

四时不得一日乐，以此方悲客游恶。

寂寂江城无所闻，梧桐叶上偏萧索。

江上柳送人

江柳断肠色，黄丝垂未齐。

人看几重恨，鸟入一枝低。

乡泪正堪落，与君又解携。

相思万里道，春去夕阳西。

辰州建中四年多怀

荒徼辰阳远，穷秋瘴雨深。

主恩堪洒血，边宦更何心。

海上红旗满，生前白发侵。

竹寒宁改节，隼静早因禽。

务退门多掩，愁来酒独斟。

无涯忧国泪，无日不沾襟。

八月十五日

忆昔千秋节，欢娱万国同。

今来六亲远，此日一悲风。

年少逢胡乱，时平似梦中。

梨园几人在，应是涕无穷。

桂城早秋

远客惊秋早，江天夜露新。

满庭惟有月，空馆更何人。

卜命知身贱，伤寒舞剑频。

猿啼曾下泪，可是为忧贫。

罗江客舍

山县秋云暗，茅亭暮雨寒。

自伤庭叶下，谁问客衣单。

有兴时添酒，无聊懒整冠。

近来乡国梦，夜夜到长安。

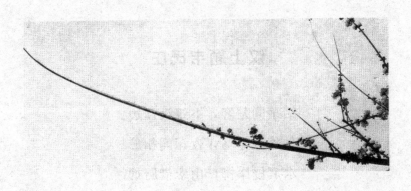

赠岑郎中

童年未解读书时，诵得郎中数首诗。

四海烟尘犹隔阔，十年魂梦每相随。

虽披云雾逢迎疾，已恨趋风拜德迟。

天下无人鉴诗句，不寻诗伯重寻谁。

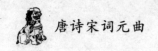

闻笛

入夜思归切，笛声清更哀。

愁人不愿听，自到枕前来。

风起塞云断，夜深关月开。

平明独惆怅，飞尽一庭梅。

汉上题韦氏庄

结茅同楚客，卜筑汉江边。

日落数归鸟，夜深闻扣舷。

水痕侵岸柳，山翠借厨烟。

调笑提筐妇，春来蚕几眠。

衡阳春日游僧院

曾共刘谘议，同时事道林。

与君相掩泪，来客岂知心。

阶雪凌春积，炉烟向暝深。

依然旧童子，相送出花林。

湖南雪中留别

草草还草草，湖东别离早。

何处愁杀人，归鞍雪中道。

出门迷辙迹，云水白浩浩。

明日武陵西，相思鬓堪老。

赠别张驸马

上元年中长安陌，见君朝下欲归宅。

飞龙骑马三十四，玉勒雕鞍照初日。

数里衣香遥扑人，长衢雨歇无纤尘。

从奴斜抱敕赐锦，双双蹙出金麒麟。

天子爱婿皇后弟，独步明时负权势。

一身扈跸承殊泽，甲第朱门耸高戟。

凤凰楼上伴吹箫，鹦鹉杯中醉留客。

泰去否来何足论，宫中晏驾人事翻。

一朝负谴辞丹阙，五年待罪湘江源。

冠冕凄凉几迁改，眼看桑田变成海。

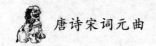

华堂金屋别赐人，细眼黄头总何在。

渚宫相见寸心悲，懒欲今时问昔时。

看君风骨殊未歇，不用愁来双泪垂。

泾州观元戎出师

寒日征西将，萧萧万马丛。

吹笳覆楼雪，祝纛满旗风。

遮虏黄云断，烧羌白草空。

金铙肃天外，玉帐静霜中。

朔野长城闭，河源旧路通。

卫青师自老，魏绛赏何功。

枪垒依沙迥，辕门压塞雄。

燕然如可勒，万里愿从公。

古意

女伴朝来说，知君欲弃捐。

懒梳明镜下，羞到画堂前。

有泪沾脂粉，无情理管弦。

不知将巧笑，更遣向谁怜。

听杜山人弹胡笳

绿琴胡笳谁妙弹，山人杜陵名庭兰。

杜君少与山人友，山人没来今已久。

当时海内求知音，嘱付胡笳入君手。

杜陵攻琴四十年，琴声在音不在弦。

座中为我奏此曲，满堂萧瑟如穷边。

第一第二拍，泪尽蛾眉没蕃客。

更闻出塞入塞声，穹庐毡帐难为情。

胡天雨雪四时下，五月不曾芳草生。

须臾促轸变宫徵，一声悲兮一声喜。

南看汉月双眼明，却顾胡儿寸心死。

回鹘数年收洛阳，洛阳士女皆驱将。

岂尤父母与兄弟，闻此哀情皆断肠。

杜陵先生证此道，沈家祝家皆绝倒。

如今世上雅风衰，若个深知此声好。

世上爱筝不爱琴，则明此调难知音。

今朝促轸为君奏，不向俗流传此心。

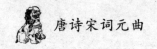

唐诗宋词元曲

咏史

汉家青史上，计拙是和亲。

社稷依明主，安危托妇人。

岂能将玉貌，便拟静胡尘。

地下千年骨，谁为辅佐臣。

桂州腊夜

坐到三更尽，归仍万里赊。

雪声偏傍竹，寒梦不离家。

晓角分残漏，孤灯落碎花。

二年随骠骑，辛苦向天涯。

再赴桂州先寄李大夫

玷玉甘长弃，朱门喜再游。

过因谗后重，恩合死前酬。

养骥须怜瘦，栽松莫厌秋。

1204

今朝两行泪，一半血和流。

题招提寺

招提精舍好，石壁向江开。

山影水中尽，鸟声天上来。

一灯传岁月，深院长莓苔。

日暮双林磬，泠泠送客回。

谪官辰州冬至日有怀

去年长至在长安，策杖曾簪獬豸冠。

此岁长安逢至日，下阶遥想雪霜寒。

梦随行伍朝天去，身寄穷荒报国难。

北望南郊消息断，江头唯有泪阑干。

赠韦况征君

身欲逃名名自随，凤衔丹诏降茅茨。

苦节难违天子命，贞心唯有老松知。

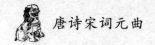

回看药灶封题密，强入蒲轮引步迟。

今日巢由旧冠带，圣朝风化胜尧时。

入剑门

剑门兵革后，万事尽堪悲。

鸟鼠无巢穴，儿童话别离。

山川同昔日，荆棘是今时。

征战何年定，家家有画旗。

过商山

雨暗商山过客稀，路傍孤店闭柴扉。

卸鞍良久茅檐下，待得巴人樵采归。

闰春宴花溪严侍御庄

一团青翠色，云是子陵家。

山带新晴雨，溪留闰月花。

瓶开巾漉酒，地坼笋抽芽。

彩缛承颜面，朝朝赋白华。

岁暮客怀

异乡三十口，亲老复家贫。

无事乾坤内，虚为翰墨人。

岁华南去后，愁梦北来频。

惆怅江边柳，依依又欲春。

秋望兴庆宫

先皇歌舞地，今日未游巡。

幽咽龙池水，凄凉御榻尘。

随风秋树叶，对月老宫人。

万事如桑海，悲来欲恸神。

送郑炼师贬辰州

辰州万里外，想得逐臣心。

谪去刑名枉，人间痛惜深。

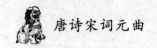

误将瑕指玉，遂使谩消金。

计日西归在，休为泽畔吟。

云梦故城秋望

故国遗墟在，登临想旧游。

一朝人事变，千载水空流。

梦渚鸿声晚，荆门树色秋。

片云凝不散，遥挂望乡愁。

秋日感怀

洛阳岐路信悠悠，无事辞家两度秋。

日下未驰千里足，天涯徒泛五湖舟。

荷衣半浸缘乡泪，玉貌潜销是客愁。

说向长安亲与故，谁怜岁晚尚淹留。

送王明府入道

何事陶彭泽，明时又挂冠。

为耽泉石趣，不惮薜萝寒。

轻雪笼纱帽，孤猿傍醮坛。

悬悬老松下，金灶夜烧丹。

秋月

江干入夜杵声秋，百尺疏桐挂斗牛。

思苦自看明月苦，人愁不是月华愁。

赋得铁马鞭

成器虽因匠，怀刚本自天。

为怜持寸节，长拟静三边。

未入英髦用，空存铁石坚。

希君剖腹取，还解抱龙泉。

闻颜尚书陷贼中

闻说征南没，那堪故吏闻。

能持苏武节，不受马超勋。

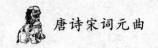

国破无家信，天秋有雁群。

同荣不同辱，今日负将军。

送苏参军

忆昨青襟醉里分，酒醒回首怆离群。

舟移极浦城初掩，山束长江日早曛。

客来有恨空思德，别后谁人更议文。

常叹苏生官太屈，应缘才似鲍参军。

成都元十八侍御

不见元生已数朝，浣花溪路去非遥。

客舍早知浑寂寞，交情岂谓更萧条。

空有寸心思会面，恨无单酌遣相邀。

骅骝幸自能驰骤，何惜挥鞭过柞桥。

观卫尚书九日对中使射破的

盛宴倾黄菊，殊私降紫泥。

月营开射圃，霜斾拂晴霓。

出将三朝贵，弯弓五善齐。

腕回金镞满，的破绿弦低。

勇气干牛斗，欢声震鼓鼙。

忠臣思报国，更欲取关西。

辰州闻大驾还宫

闻道銮舆归魏阙，望云西拜喜成悲。

宁知陇水烟销日，再有园林秋荐时。

渭水战添亡虏血，秦人生睹旧朝仪。

自惭出守辰州畔，不得亲随日月旗。

卜桂州李大夫

今日辞门馆，情将众别殊。

感深翻有泪，仁过曲怜愚。

晚镜伤秋鬓，晴寒切病躯。

烟霞万里阔，宇宙一身孤。

倚马才宁有，登龙意岂无。

唯于方寸内，暗贮报恩珠。

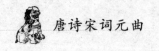

上李常侍

旌旗晓过大江西，七校前驱万队齐。

千里政声人共喜，三军令肃马前嘶。

恩沾境内风初变，春入城阴柳渐低。

桃李不须令更种，早知门下旧成蹊。

上湖南崔中丞

山上青松陌上尘，云泥岂合得相亲。

举世尽嫌良马瘦，唯君不弃卧龙贫。

千金未必能移性，一诺从来许杀身。

莫道书生无感激，寸心还是报恩人。

早春雪中

阴云万里昼漫漫，愁坐关心事几般。

为报春风休下雪，柳条初放不禁寒。

湖南春日二首

自怜春日客长沙，江上无人转忆家。

光景却添乡思苦，檐前数片落梅花。

三湘漂寓若流萍，万里湘乡隔洞庭。

羁客春来心欲碎，东风莫遣柳条青。

戏题秋月

秋宵月色胜春宵，万里天涯静寂寥。

近来数夜飞霜重，只畏娑婆树叶凋。

宿湘江

九月湘江水漫流，沙边唯览月华秋。

金风浦上吹黄叶，一夜纷纷满客舟。

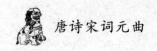

别公安贾明府

叶县门前江水深，浅于羁客报恩心。
把君诗卷西归去，一度相思一度吟。

霁雪

风卷寒云暮雪晴，江烟洗尽柳条轻。
檐前数片无人扫，又得书窗一夜明。

汉阴吊崔员外坟

远别望有归，叶落望春晖。

1214

所痛泉路人，一去无还期。

荒坟遗汉阴，坟树啼子规。

存没抱冤滞，孤魂意何依。

岂无骨肉亲，岂无深相知。

曝露不复问，高名亦何为。

相携恸君罢，春日空迟迟。

题槿花

自用金钱买槿栽，二年方始得花开。
鲜红未许佳人见，蝴蝶争知早到来。

题宋玉亭

宋玉亭前悲暮秋，阳台路上雨初收。
应缘此处人多别，松竹萧萧也带愁。

过东平军

画角初鸣残照微，营营鞍马往来稀。

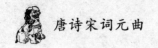

相逢士卒皆垂泪，八座朝天何日归。

送辰州郑使君

谁人不谴谪，君去独堪伤。

长子家无弟，慈亲老在堂。

惊魂随驿吏，冒暑向炎方。

未到猿啼处，参差已断肠。

桂州西山登高上陆大夫

登高上山上，高处更堪愁。

野菊他乡酒，芦花满眼秋。

风烟连楚郡，兄弟客荆州。

早晚朝天去，亲随定远侯。

寄郑炼师

平生金石友，沦落向辰州。

已是二年客，那堪终日愁。

尺书浑不寄，两鬓计应秋。

今夜相思月，情人南海头。

征人归乡

三月江城柳絮飞，五年游客送人归。

故将别泪和乡泪，今日阑干湿汝衣。

骆家亭子纳凉

江湖思渺然，不离国门前。

折苇鱼沈藻，攀藤鸟出烟。

生衣宜水竹，小酒入诗篇。

莫怪侵星坐，神清不欲眠。

逢陇西故人忆关中舍弟

莫话边庭事，心摧不欲闻。

数年家陇地，舍弟殁胡军。

每念支离苦，常嗟骨肉分。

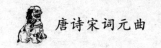

急难何日见，遥哭陇西云。

秋夜梁十三厅事

今来秋已暮，还恐未成归。

梦里家仍远，愁中叶又飞。

竹声风度急，灯影月来微。

得见梁夫子，心源有所依。

成都暮雨秋

九月龟城暮，愁人闭草堂。

地卑多雨润，天暖少秋霜。

纵欲倾新酒，其如忆故乡。

不知更漏意，惟向客边长。

酬梁二十

渚宫无限客，相见独相亲。

长路皆同病，无言似一身。

岁寒唯爱竹，憔悴不堪春。

细与知音说，攻文恐误人。

花下宴送郑炼师

愁里惜春深，闻幽即共寻。

贵看花柳色，图放别离心。

客醉花能笑，诗成花伴吟。

为君调绿绮，先奏凤归林。

秋馆雨后得弟兄书即事呈李明府

弟兄书忽到，一夜喜兼愁。

空馆复闻雨，贫家怯到秋。

坐中孤烛暗，窗外数萤流。

试以他乡事，明朝问子游。

寄梁淑

长忆江头执别时，论文未有不相思。

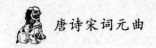

雁过经秋无尺素，人来终日见新诗。

心思食檗何由展，家似流萍任所之。

悔学秦人南避地，武陵原上又征师。

送张秀才之长沙

君向长沙去，长沙仆旧谙。

虽之桂岭北，终是阙庭南。

山霭生朝雨，江烟作夕岚。

松醪能醉客，慎勿滞湘潭。

送僧法和

达士心无滞，他乡总是家。

问经翻贝叶，论法指莲花。

欲契真空义，先开智慧芽。

不知飞锡后，何外是恒沙。

送严十五郎之长安

送客身为客，思家怆别家。

暂收双眼泪,遥想五陵花。

路远征车迥,山回剑阁斜。

长安君到日,春色未应赊。

冬夜宴梁十三厅

故人能爱客,秉烛会吾曹。

家为朋徒罄,心缘翰墨劳。

夜寒销腊酒,霜冷重绨袍。

醉卧西窗下,时闻雁响高。

送零陵妓

宝钿香蛾翡翠裙,装成掩泣欲行云。

殷勤好取襄王意,莫向阳台梦使君。

采莲曲二首

虽听采莲曲,讵识采莲心。

漾楫爱花远,回船愁浪深。

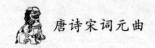

烟生极浦色，日落半江阴。

同侣怜波静，看妆堕玉簪。

浔阳女儿花满头，觥觥同泛木兰舟。

秋风日暮南湖里，争唱菱歌不肯休。

塞上曲

胡风略地烧连山，碎叶孤城未下关。

山头烽子声声叫，知是将军夜猎还。

寂上人禅房

俗尘浮垢闭禅关，百岁身心几日闲。

安得此生同草木，无营长在四时间。

桂州口号

画角三声动客愁，晓霜如雪覆江楼。

谁道桂林风景暖，到来重著皂貂裘。

哭黔中薛大夫

亚相何年镇百蛮，生涯万事瘴云间。
夜郎城外谁人哭，昨日空馀旌节还。

感春

看花泪尽知春尽，魂断看花只恨春。
名位未沾身欲老，诗书宁救眼前贫。

途中寄李二

杨柳烟含灞岸春，年年攀折为行人。
好风若借低枝便，莫遣青丝扫路尘。

寄许炼师

扫石焚香礼碧空，露华偏湿蕊珠宫。
如何说得天坛上，万里无云月正中。

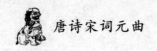

下第留辞顾侍郎

绮陌彤彤花照尘，王门侯邸尽朱轮。

城南旧有山村路，欲向云霞觅主人。

题云公山房

云公兰若深山里，月明松殿微风起。

试问空门清净心，莲花不著秋潭水。

别离作

手把杏花枝，未曾经别离。

黄昏掩门后，寂寞自心知。

九日贾明府见访

独掩衡门秋景闲，洛阳才子访柴关。

莫嫌浊酒君须醉，虽是贫家菊也斑。

同人愿得长携手，久客深思一破颜。

却笑孟嘉吹帽落，登高何必上龙山。

中秋夜登楼望月寄人

西楼见月似江城，脉脉悠悠倚槛情。

万里此情同皎洁，一年今日最分明。

初惊桂子从天落，稍误芦花带雪平。

知称玉人临水见，可怜光彩有馀清。

赠宜阳张使君

暂作宜阳客，深知太守贤。

政移千里俗，人戴两重天。

旧郭多新室，闲坡尽辟田。

倘令黄霸在，今日耻同年。

移家别树

千种庭前树，人移树不移。

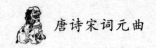

看花愁作别，不及未栽时。

成都送严十五之江东

江东万里外，别后几凄凄。

峡路花应发，津亭柳正齐。

酒倾迟日暮，川阔远天低。

心系征帆上，随君到剡溪。

送李参军

好住好住王司户，珍重珍重李参军。

一东一西如别鹤，一南一北似浮云。

月照疏林千片影，风吹寒水万里纹。

别易会难今古事，非是余今独与君。

题严氏竹亭

子陵栖遁处，堪系野人心。

溪水浸山影，岚烟向竹阴。

忘机看白日，留客醉瑶琴。

爱此多诗兴，归来步步吟。

送王端公之太原归觐相公

柱史今何适，西行咏陟冈。

也知人惜别，终美雁成行。

春雨桃花静，离尊竹叶香。

到时丞相阁，应喜棣华芳。

晚次荆江

孤舟大江水，水涉无昏曙。

雨暗迷津时，云生望乡处。

渔翁闲自乐，樵客纷多虑。

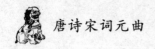

秋色湖上山，归心日边树。

徒称竹箭美，未得枫林趣。

向夕垂钓还，吾从落潮去。

抚州处士湖泛舟送北回两指此南昌县查溪兰若别

移樽铺山曲，祖帐查溪阴。

铺山即远道，查溪非故林。

凄然诵新诗，落泪沾素襟。

郡政我何有，别情君独深。

禅庭古树秋，宿雨清沈沈。

挥袂故里远，悲伤去住心。

桂州岁暮

岁暮天涯客，寒窗欲晓时。

君恩空自感，乡思梦先知。

重谊人愁别，惊栖鹊恋枝。

不堪楼上角，南向海风吹。

宿桂州江亭呈康端公

独向东亭坐，三更待月开。

萤光入竹去，水影过江来。

露滴千家静，年流一叶催。

龙钟万里客，正合故人哀。

崔珏诗集

　　崔珏，字梦之，尝寄家荆州，登大中进士第，由幕府拜秘书郎，为淇县令，有惠政，官至侍御。其诗语言如鸾羽凤尾，华美异常；笔意酣畅，仿佛行云流水，无丝毫牵强佶屈之弊；修辞手法丰富，以比喻为最多，用得似初写黄庭、恰到好处。诗作构思奇巧，想象丰富，文采飞扬。例如《有赠》一诗写美人的倾国之貌，"烟分顶上三层绿，剑截眸中一寸光"、"两脸天桃从镜发，一眸春水照人寒"等句，其设喻之奇、对仗之工、用语之美，真令人叹为观止、为之绝倒，梦之真可谓是镂月裁云之天工也。诗一卷（全唐诗中卷第五百九十一），

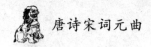

所录尽是佳作。

有赠

莫道妆成断客肠，粉胸绵手白莲香。

烟分顶上三层绿，剑截眸中一寸光。

舞胜柳枝腰更软，歌嫌珠贯曲犹长。

虽然不似王孙女，解爱临邛卖赋郎。

锦里芬芳少佩兰，风流全占似君难。

心迷晓梦窗犹暗，粉落香肌汗未干。

两脸夭桃从镜发，一眸春水照人寒。

自嗟此地非吾土，不得如花岁岁看。

道林寺

临湘之滨麓之隅，西有松寺东岸无。

松风千里摆不断，竹泉泻入于僧厨。

宏梁大栋何足贵，山寺难有山泉俱。

四时唯夏不敢入，烛龙安敢停斯须？

远公池上种何物，碧罗扇底红鳞鱼。

香阁朝鸣大法鼓，天宫夜转三乘书。

野花市井栽不著，山鸡饮啄声相呼。

金槛僧回步步影，石盆水溅联联珠。

北临高处日正午，举手欲摸黄金乌。

遥江大船小于叶，远村杂树齐如蔬。

潭州城郭在何处，东边一片青模糊。

今来古往人满地，劳生未了归丘墟。

长卿之门久寂寞，五言七字夸规模。

我吟杜诗清入骨，灌顶何必须醍醐。

白日不照耒阳县，皇天厄死饥寒躯。

明珠大贝采欲尽，蚌蛤空满赤沙湖。

今我题诗亦无味，怀贤览古成长吁。

不如兴罢过江去，已有好月明归途。

美人尝茶行

云鬟枕落困春泥，玉郎为碾瑟瑟尘。

闲教鹦鹉啄窗响，和娇扶起浓睡人。

银瓶贮泉水一掬，松雨声来乳花熟。

朱唇啜破绿云时，咽入香喉爽红玉。

明眸渐开横秋水，手拨丝簧醉心起。

台时却坐推金筝，不语思量梦中事。

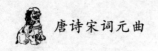

岳阳楼晚望

乾坤千里水云间,钓艇如萍去复还。

楼上北风斜卷席,湖中西日倒衔山。

怀沙有恨骚人往,鼓瑟无声帝子闲。

何事黄昏尚凝睇,数行烟树接荆蛮。

和人听歌

气吐幽兰出洞房,乐人先问调宫商。

声和细管珠才转,曲度沉烟雪更香。

公子不随肠万结,离人须落泪千行。

巫山唱罢行云过,犹自微尘舞画梁。

红脸初分翠黛愁,锦筵歌板拍清秋。

一楼春雪和尘落,午夜寒泉带雨流。

座上美人心尽死,尊前旅客泪难收。

莫辞更送刘郎酒,百斛明珠异日酬。

水晶枕

千年积雪万年冰，掌上初擎力不胜。

南国旧知何处得，北方寒气此中凝。

黄昏转烛萤飞沼，白日褰帘水在簪。

薪箪蜀琴相对好，裁诗乞与涤烦襟。

席间咏琴客

七条弦上五音寒，此艺知音自古难。

唯有河南房次律，始终怜得董庭兰。

王驾诗集

王驾，字大用，河中人。大顺元年登进士第，仕至礼部员外郎，自号守素先生。集六卷，今存诗六首，虽不多，但颇有名，尤其是《社日》和《雨晴》两首流传很广。前者写农村的春社胜景：稻粱肥熟，桑柘影斜，

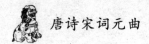

此时"家家扶得醉人归",真是一醉方休,痛快人心啊;后者写春雨过后,从前明明看见过的叶里花蕊现在却没了踪影,此刻忽然注意到蛱蝶纷纷飞过墙去,于是诗人不禁怀疑"春色在邻家",写得十分幽默生动,妙趣横生。

社日

鹅湖山下稻粱肥,豚栅鸡栖半掩扉。
桑柘影斜春社散,家家扶得醉人归。

雨晴

雨前初见花间蕊,雨后兼无叶里花。
蛱蝶飞来过墙去,却疑春色在邻家。

夏雨

非惟消旱暑,且喜救生民。
天地如蒸湿,园林似却春。

洗风清枕簟，换夜失埃尘。

又作丰年望，田夫笑向人。

古意

夫戍萧关妾在吴，西风吹妾妾忧夫。

一行书信千行泪，寒到君边衣到无。

乱后曲江

忆昔争游曲水滨，未春长有探春人。

游春人尽空池在，直至春深不似春。

过故友居

邻笛寒吹日落初，旧居今已别人居。

乱来儿侄皆分散，惆怅僧房认得书。

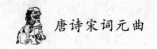

李益诗集

　　李益，字君虞，姑臧人。大历四年登进士第，授郑县尉。久不调，益不得意，北游河朔，幽州刘济辟为从事。尝与济诗，有怨望语。宪宗时，召为秘书少监、集贤殿学士，自负才地，多所凌忽，为众不容，谏官举其幽州诗句，降居散秩。俄复用为秘书监，迁太子宾客、集贤学士，判院事，转右散骑常侍。太和初，以礼部尚书致仕卒。益长于歌诗，贞元末，与宗人李贺齐名。每作一篇，教坊乐人以赂求取，唱为供奉歌辞。其《征人歌》、《早行篇》，好事者画为屏障。其最著名的代表作为《江南词》和《夜上受降城闻笛》，前者写一思妇因丈夫是瞿塘商贾，"重利轻别离"，天天不得相聚，因此不由得暗中后悔："早知潮有信，嫁与弄潮儿"（早知道还不如嫁给弄潮儿呢！毕竟潮水的涨落有确定的时刻，与弄潮儿总还能朝夕厮守，比作商贾之妇强多了），心理描写可谓传神入微矣；后者写受降城上的戍边将士的思乡之情，"不知何处吹芦管，一夜征人尽望乡"，芦管悠扬激起乡思悠长，读来令人同情感伤。集一卷，今编诗二卷（全唐诗中卷第二百八十二和二百八十三）。

江南词

嫁得瞿塘贾，朝朝误妾期。

早知潮有信，嫁与弄潮儿。

夜上受降城闻笛

回乐峰前沙似雪，受降城下月如霜。

不知何处吹芦管，一夜征人尽望乡。

杂曲

妾本蚕家女，不识贵门仪。

藁砧持玉斧，交结五陵儿。

十日或一见，九日在路岐。

人生此夫婿，富贵欲何为。

杨柳徒可折，南山不可移。

妇人贵结发，宁有再嫁资。

嫁女莫望高，女心愿所宜。

宁从贱相守，不愿贵相离。

蓝叶郁重重，蓝花若榴色。

少妇归少年，华光自相得。

谁言配君子，以奉百年身。

有义即夫婿，无义还他人。

爱如寒炉火，弃若秋风扇。

山岳起面前，相看不相见。

丈夫非小儿，何用强相知。

不见朝生菌，易成还易衰。

征客欲临路，居人还出门。

北风河梁上，四野愁云繁。

岂不恋我家，夫婿多感恩。

前程有日月，勋绩在河源。

少妇马前立，请君听一言。

春至草亦生，谁能无别情。

殷勤展心素，见新莫忘故。

遥望孟门山，殷勤报君子。

既为随阳雁，勿学西流水。

尝闻生别离，悲莫悲于此。

同器不同荣，堂下即千里。

与君贫贱交，何异萍上水。

托身天使然，同生复同死。

送辽阳使还军

征人歌且行，北上辽阳城。

二月戎马息，悠悠边草生。

青山出塞断，代地入云平。

昔者匈奴战，多闻杀汉兵。

平生报国愤，日夜角弓鸣。

勉君万里去，勿使虏尘惊。

赋得早燕送别

碧草缦如线，去来双飞燕。

长门未有春，先入班姬殿。

梁空绕不息，檐寒窥欲遍。

今至随红萼，昔还悲素扇。

一别与秋鸿，差池讵相见。

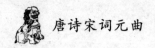

春晚赋得馀花落

留春春竟去，春去花如此。

蝶舞绕应稀，鸟惊飞讵已。

衰红辞故萼，繁绿扶雕蕊。

自委不胜愁，庭风那更起。

置酒行

置酒命所欢，凭觞遂为戚。

日往不再来，兹辰坐成昔。

百龄非久长，五十将半百。

胡为劳我形，已须还复白。

西山鸾鹤群，矫矫烟雾翮。

明霞发金丹，阴洞潜水碧。

安得凌风羽，崦嵫驻灵魄。

无然坐衰老，惭叹东陵柏。

长社窦明府宅夜送王屋道士常究子

旦随三鸟去，羽节凌霞光。

暮与双凫宿，云车下紫阳。

天坛临月近，洞水出山长。

海峤年年别，丘陵徒自伤。

观回军三韵

行行上陇头，陇月暗悠悠。

万里将军没，回旌陇戍秋。

谁令呜咽水，重入故营流。

月下喜邢校书至自洛

天河夜未央，漫漫复苍苍。

重君远行至，及此明月光。

华星映衰柳，暗水入寒塘。

客心定何似，馀欢方自长。

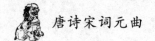

北至太原

炎祚昔昏替，皇基此郁盘。

玄命久已集，抚运良乃艰。

南厄羊肠险，北走雁门寒。

始于一戎定，垂此亿世安。

唐风本忧思，王业实艰难。

中历虽横溃，天纪未可干。

圣明所兴国，灵岳固不殚。

咄咄薄游客，斯言殊不刊。

罢镜

手中青铜镜，照我少年时。

衰飒一如此，清光难复持。

欲令孤月掩，从遣半心疑。

纵使逢人见，犹胜自见悲。

答郭黄中孤云首章见赠

孤云生西北，从风东南飘。

帝乡日已远，苍梧无还飙。

已矣玄凤叹，严霜集灵苕。

君其勉我怀，岁暮孰不凋。

竹溪

访竹越云崖，即林若溪绝。

宁知修干下，漠漠秋苔洁。

清光溢空曲，茂色临幽澈。

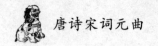

采摘愧芳鲜，奉君岁暮节。

城傍少年

生长边城傍，出身事弓马。

少年有胆气，独猎阴山下。

偶与匈奴逢，曾擒射雕者。

名悬壮士籍，请君少相假。

游子吟

女羞夫婿薄，客耻主人贱。

遭遇同众流，低回愧相见。

君非青铜镜，何事空照面。

莫以衣上尘，不谓心如练。

人生当荣盛，待士勿言倦。

君看白日驰，何异弦上箭。

莲塘驿

五月渡淮水，南行绕山陂。

江村远鸡应，竹里闻缫丝。

楚女肌发美，莲塘烟露滋。

菱花覆碧渚，黄鸟双飞时。

渺渺溯洄远，凭风托微词。

斜光动流睇，此意难自持。

女歌本轻艳，客行多怨思。

女萝蒙幽蔓，拟上青桐枝。

竹窗闻风寄苗发司空曙

微风惊暮坐，临牖思悠哉。

开门复动竹，疑是故人来。

时滴枝上露，稍沾阶下苔。

何当一入幌，为拂绿琴埃。

赋得垣衣

漠漠复霏霏，为君垣上衣。

昭阳辇下草，应笑此生非。

掩蔼青春去，苍茫白露稀。

犹胜萍逐水，流浪不相依。

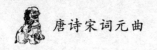

送人流贬

汉章虽约法，秦律已除名。

谤远人多惑，官微不自明。

霜风先独树，瘴雨失荒城。

畴昔长沙事，三年召贾生。

送人南归

人言下江疾，君道下江迟。

五月江路恶，南风惊浪时。

应知近家喜，还有异乡悲。

无奈孤舟夕，山歌闻竹枝。

送常曾侍御使西蕃寄题西川

凉王宫殿尽，羌没陇云西。

今日闻君使，雄心逐鼓鼙。

行当收汉垒，直可取蒲泥。

旧国无由到，烦君下马题。

入南山至全师兰若

木阴水归壑，寂然无念心。

南行有真子，被褐息山阴。

石路瑶草散，松门寒景深。

吾师亦何爱，自起定中吟。

送韩将军还边

白马羽林儿，扬鞭薄暮时。

独将轻骑出，暗与伏兵期。

雨雪移军远，旌旗上垒迟。

圣心戎寄重，未许让恩私。

晚春卧病喜振上人见访

卧床如旧日，窥户易伤春。

灵寿扶衰力，芭蕉对病身。

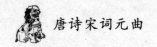

道心空寂寞，时物自芳新。
旦夕谁相访，唯当摄上人。

寻纪道士偶会诸叟

山阴寻道士，映竹羽衣新。
侍坐双童子，陪游五老人。
水花松下静，坛草雪中春。
见说桃源洞，如今犹避秦。

同萧炼师宿太乙庙

微月空山曙，春祠谒少君。
落花坛上拂，流水洞中闻。
酒引芝童奠，香馀桂子焚。
鹤飞将羽节，遥向赤城分。

送同落第者东归

东门有行客，落日满前山。

圣代谁知者，沧洲今独还。

片云归海暮，流水背城闲。

余亦依嵩颍，松花深闭关。

送柳判官赴振武

边庭汉仪重，旌甲似云中。

虏地山川壮，单于鼓角雄。

关寒塞榆落，月白胡天风。

君逐嫖姚将，麒麟有战功。

述怀寄衡州令狐相公

调元方翼圣，轩盖忽言东。

道以中枢密，心将外理同。

白头生远浪，丹叶下高枫。

江上萧疏雨，何人对谢公。

喜见外弟又言别

十年离乱后，长大一相逢。

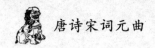

问姓惊初见，称名忆旧容。

别来沧海事，语罢暮天钟。

明日巴陵道，秋山又几重。

立春日宁州行营因赋朔风吹飞雪

边声日夜合，朔风惊复来。

龙山不可望，千里一裴回。

捐扇破谁执，素纨轻欲裁。

非时妒桃李，自是舞阳台。

献刘济

草绿古燕州，莺声引独游。

雁归天北畔，春尽海西头。

向日花偏落，驰年水自流。

感恩知有地，不上望京楼。

哭柏岩禅师

遍与傍人别，临终尽不愁。

影堂谁为扫，坐塔自看修。

白日钟边晚，青苔钵上秋。

天涯禅弟子，空到柏岩游。

紫骝马

争场看斗鸡，白鼻紫骝嘶。

漳水春闺晚，丛台日向低。

歇鞍珠作汗，试剑玉如泥。

为谢红梁燕，年年妾独栖。

奉酬崔员外副使携琴宿使院见示

忽闻此夜携琴宿，遂叹常时尘吏喧。

庭木已衰空月亮，城砧自急对霜繁。

犹持副节留军府，未荐高词直掖垣。

谁问南飞长绕树，官微同在谢公门。

过马嵬二首

路至墙垣问樵者，顾予云是太真宫。

太真血染马蹄尽，朱阁影随天际空。

丹壑不闻歌吹夜，玉阶唯有薜萝风。

世人莫重霓裳曲，曾致干戈是此中。

金甲银旌尽已回，苍茫罗袖隔风埃。

浓香犹自随鸾辂，恨魄无由离马嵬。

南内真人悲帐殿，东溟方士问蓬莱。

唯留坡畔弯环月，时送残辉入夜台。

盐州过胡儿饮马泉

绿杨著水草如烟，旧是胡儿饮马泉。

几处吹笳明月夜，何人倚剑白云天。

从来冻合关山路，今日分流汉使前。

莫遣行人照容鬓，恐惊憔悴入新年。

送襄阳李尚书

天寒发梅柳，忆昔到襄州。

树暖然红烛，江清展碧油。

风烟临岘首，云水接昭丘。

俗尚春秋学，词称文选楼。

都门送旌节，符竹领诸侯。

汉沔分戎寄，黎元减圣忧。

时追山简兴，本自习家流。

莫废思康乐，诗情满沃洲。

送归中丞使新罗册立吊祭

东望扶桑日，何年是到时。

片帆通雨露，积水隔华夷。

浩渺风来远，虚明鸟去迟。

长波静云月，孤岛宿旌旗。

别叶传秋意，回潮动客思。

沧溟无旧路，何处问前期。

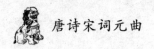
赋得路傍一株柳送邢校书赴延州使府

路傍一株柳，此路向延州。

延州在何处，此路起悠悠。

重赠邢校书

俱从四方事，共会九秋中。

断蓬与落叶，相值各因风。

照镜

衰鬓朝临镜，将看却自疑。

惭君明似月，照我白如丝。

闻鸡赠主人

胶胶司晨鸣，报尔东方旭。

无事恋君轩，今君重凫鹄。

1254

登白楼见白鸟席上命鹧鸪辞

一鸟如霜雪，飞向白楼前。

问君何以至，天子太平年。

石楼山见月

紫塞连年戍，黄砂碛路穷。

故人今夜宿，见月石楼中。

惜春伤同幕故人孟郎中兼呈去年看花友

畏老身全老，逢春解惜春。

今年看花伴，已少去年人。

嘉禾寺见亡友王七题壁

今日忆君处，忆君君岂知。

空馀暗尘字，读罢泪仍垂。

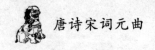

听唱赤白桃李花

赤白桃李花，先皇在时曲。

欲向西宫唱，西宫宫树绿。

赠内兄卢纶

世故中年别，馀生此会同。

却将悲与病，来对朗陵翁。

答广宣供奉问兰陵居

居北有朝路，居南无住人。

劳师问家第，山色是南邻。

观骑射

边头射雕将，走马出中军。

远见平原上，翻身向暮云。

幽州赋诗见意时佐刘幕

征戍在桑干，年年蓟水寒。

殷勤驿西路，北去向长安。

军次阳城烽舍北流泉

何地可潸然，阳城烽树边。

今朝望乡客，不饮北流泉。

金吾子

绣帐博山炉，银鞍冯子都。

黄昏莫攀折，惊起欲栖乌。

山鹧鸪词

湘江斑竹枝，锦翅鹧鸪飞。

处处湘云合，郎从何处归。

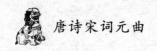

立秋前一日览镜

万事销身外，生涯在镜中。
唯将满鬓雪，明日对秋风。

代人乞花

绣户朝眠起，开帘满地花。
春风解人意，欲落妾西家。

上洛桥

金谷园中柳，春来似舞腰。
何堪好风景，独上洛阳桥。

扬州怀古

故国歌钟地，长桥车马尘。
彭城阁边柳，偏似不胜春。

水宿闻雁

早雁忽为双,惊秋风水窗。

夜长人自起,星月满空江。

扬州早雁

江上三千雁,年年过故宫。

可怜江上月,偏照断根蓬。

下楼

话旧全应老,逢春喜又悲。

看花行拭泪,倍觉下楼迟。

拂云堆

汉将新从虏地来,旌旗半上拂云堆。

单于每近沙场猎,南望阴山哭始回。

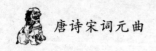

汴河曲

汴水东流无限春，隋家宫阙已成尘。

行人莫上长堤望，风起杨花愁杀人。

塞下曲

蕃州部落能结束，朝暮驰猎黄河曲。

燕歌未断塞鸿飞，牧马群嘶边草绿。

秦筑长城城已摧，汉武北上单于台。

古来征战虏不尽，今日还复天兵来。

黄河东流流九折，沙场埋恨何时绝。

蔡琰没去造胡笳，苏武归来持汉节。

为报如今都护雄，匈奴且莫下云中。

请书塞北阴山石，愿比燕然车骑功。

过马嵬

汉将如云不直言，寇来翻罪绮罗恩。

托君休洗莲花血，留记千年妾泪痕。

答许五端公马上口号

晚逐旌旗俱白首，少游京洛共缁尘。
不堪身外悲前事，强向杯中觅旧春。

牡丹

紫蕊丛开未到家，却教游客赏繁华。
始知年少求名处，满眼空中别有花。

边思

腰悬锦带佩吴钩，走马曾防玉塞秋。
莫笑关西将家子，只将诗思入凉州。

奉和武相公春晓闻莺

蜀道山川心易惊，绿窗残梦晓闻莺。

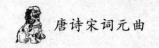

分明似写文君恨，万怨千愁弦上声。

送客还幽州

惆怅秦城送独归，蓟门云树远依依。

秋来莫射南飞雁，从遣乘春更北飞。

从军北征

天山雪后海风寒，横笛偏吹行路难。

碛里征人三十万，一时回向月明看。

听晓角

边霜昨夜堕关榆，吹角当城汉月孤。

无限塞鸿飞不度，秋风卷入小单于。

宫怨

露湿晴花春殿香，月明歌吹在昭阳。

似将海水添宫漏，共滴长门一夜长。

暮过回乐烽

烽火高飞百尺台，黄昏遥自碛西来。

昔时征战回应乐，今日从军乐未回。

奉和武相公郊居寓目

黄扉晚下禁垣钟，归坐南闱山万重。

独有月中高兴尽，雪峰明处见寒松。

诣红楼院寻广宣不遇留题

柿叶翻红霜景秋，碧天如水倚红楼。

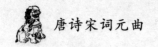

隔窗爱竹有人问，遣向邻房觅户钩。

回军行

关城榆叶早疏黄，日暮沙云古战场。

表请回军掩尘骨，莫教士卒哭龙荒。

古瑟怨

破瑟悲秋已减弦，湘灵沈怨不知年。

感君拂拭遗音在，更奏新声明月天。

夜宴观石将军舞

微月东南上戍楼，琵琶起舞锦缠头。

更闻横笛关山远，白草胡沙西塞秋。

春夜闻笛

寒山吹笛唤春归，迁客相看泪满衣。

洞庭一夜无穷雁，不待天明尽北飞。

扬州送客

南行直入鹧鸪群，万岁桥边一送君。
闻道望乡闻不得，梅花暗落岭头云。

统汉峰下

统汉峰西降户营，黄河战骨拥长城。
只今已勒燕然石，北地无人空月明。

避暑女冠

雾袖烟裾云母冠，碧琉璃簟井冰寒。
焚香欲使三清鸟，静拂桐阴上玉坛。

行舟

柳花飞入正行舟，卧引菱花信碧流。

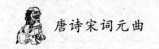
闻道风光满扬子，天晴共上望乡楼。

隋宫燕

燕语如伤旧国春，宫花一落已成尘。
自从一闭风光后，几度飞来不见人。

送人归岳阳

烟草连天枫树齐，岳阳归路子规啼。
春江万里巴陵戍，落日看沈碧水西。

上汝州郡楼

黄昏鼓角似边州，三十年前上此楼。
今日山城对垂泪，伤心不独为悲秋。

临洮泼见蕃使列名

漠南春色到洮泼，碧柳青青塞马多。

万里关山今不闭，汉家频许郅支和。

写情

水纹珍簟思悠悠，千里佳期一夕休。

从此无心爱良夜，任他明月下西楼。

赴渭北宿石泉驿南望黄堆烽

边城已在虏城中，烽火南飞入汉宫。

汉庭议事先黄老，麟阁何人定战功。

逢归信偶寄

无事将心寄柳条，等闲书字满芭蕉。

乡关若有东流信，遣送扬州近驿桥。

赠毛仙翁

玉树溶溶仙气深，含光混俗似无心。

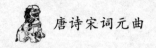

长愁忽作鹤飞去，一片孤云何处寻。

赠宣大师

一国沙弥独解诗，人人道胜惠林师。
先皇诏下征还日，今上龙飞入内时。
看月忆来松寺宿，寻花思作杏溪期。
因论佛地求心地，只说常吟是住持。

宿石邑山中

浮云不共此山齐，山霭苍苍望转迷。
晓月暂飞高树里，秋河隔在数峰西。

寄赠衡州杨使君

湘竹斑斑湘水春，衡阳太守虎符新。
朝来笑向归鸿道，早晚南飞见主人。

塞下曲

伏波惟愿裹尸还，定远何须生入关。

莫遣只轮归海窟，仍留一箭射天山。

上黄堆烽

心期紫阁山中月，身过黄堆烽上云。

年发已从书剑老，戎衣更逐霍将军。

黄巢诗集

黄巢（？～884）唐末农民起义领袖，曹州冤句（今山东荷泽）人。举进士不第，公元875年率领数千人在曹州起义，878年继王仙芝死后被推为领袖，称冲天大将军。881年攻破唐朝京都长安，建立农民政权，国号大齐。但由于没有建立较稳固的根据地和未乘胜追歼残余势力，使敌人得以反扑。后因弹尽粮绝，被迫撤

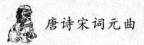

出长安，转战山东，884 年在泰山狼虎谷战败自杀。诗三首，前两首借题菊花寄寓抒写自己傲世独立、冲天凌云之志，"他年我若为青帝，报与桃花一处开"、"冲天香阵透长安，满城尽带黄金甲"等句都凝集着一股英雄之气，惊人心魄，不愧是揭竿而起的千古豪杰；最后一首《自题像》则是另一种风格，呈现给人的是"铁衣著尽著僧衣"、"独倚栏干看落晖"的一代儒将风采，令人钦慕。

题菊花

飒飒西风满院栽，蕊寒香冷蝶难来。
他年我若为青帝，报与桃花一处开。

不第后赋菊

待到秋来九月八，我花开后百花杀。
冲天香阵透长安，满城尽带黄金甲。

自题像

记得当年草上飞，铁衣著尽著僧衣。
天津桥上无人识，独倚栏干看落晖。

崔国辅诗集

　　崔国辅，吴郡人。开元中，应县令举，授许昌令。累迁集贤直学士，礼部员外郎，后坐事贬晋陵郡司马。其诗语言秀丽，风格雅蓄，擅长描摹红颜情思。代表作有《古意》、《石头滩作》、《漂母岸》、《七夕》、《杭州北郭戴氏荷池送侯愉》、《襄阳曲二首》、《中流曲》、《采莲曲》、《丽人曲》、《长信草》等。其中《长信草》写宫女愁怨，那连绵的青草仿佛主人公连绵的愁思，"故侵珠履迹，不使玉阶行"，搅缠得人寸步难行。全诗情致愁郁，语意双关，意境浑然，诚然佳作也。《古意》一诗写红颜易衰、时芳不待妾，"未得两回摘，秋风吹却花"，令人不禁有些"悔不盛年时，嫁与青楼家"。当初真是应该趁着年轻及时行乐，"有花堪折直须折"啊！

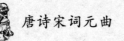

此诗虽意未必可取，但用语和写法皆妙，十分值得借鉴。诗一卷（全唐诗上卷第一百一十九）。

采莲曲

玉溆花争发，金塘水乱流。

相逢畏相失，并著采莲舟。

长信草

长信宫中草，年年愁处生。

故侵珠履迹，不使玉阶行。

丽人曲

红颜称绝代，欲并真无侣。

独有镜中人，由来自相许。

从军行

塞北胡霜下，营州索兵救。

夜里偷道行，将军马亦瘦。

刀光照塞月，阵色明如昼。

传闻贼满山，已共前锋斗。

宿法华寺

松雨时复滴，寺门清且凉。

此心竟谁证，回憩支公床。

壁画感灵迹，龛经传异香。

独游寄象外，忽忽归南昌。

石头滩作

怅矣秋风时，余临石头濑。

因高见远境，尽此数州内。

羽山数点青，海岸杂光碎。

离离树木少，漭漭湖波大。

日暮千里帆，南飞落天外。

须臾遂入夜，楚色有微霭。

寻远迹已穷，遗荣事多昧。

一身犹未理，安得济时代。

且泛朝夕潮，荷衣蕙为带。

漂母岸

泗水入淮处，南边古岸存。

秦时有漂母，于此饭王孙。

王孙初未遇，寄食何足论。

后为楚王来，黄金答母恩。

事迹遗在此，空伤千载魂。

茫茫水中渚，上有一孤墩。

遥望不可到，苍苍烟树昏。

几年崩冢色，每日落潮痕。

古地多堙圮，时哉不敢言。

向夕泪沾裳，遂宿芦洲村。

奉和华清宫观行香应制

天子蕊珠宫，楼台碧落通。

豫游皆汗漫，斋处即崆峒。

云物三光里，君臣一气中。

道言何所说，宝历自无穷。

七夕

太守仙潢族，含情七夕多。

扇风生玉漏，置水写银河。

阁下陈书籍，闺中曝绮罗。

遥思汉武帝，青鸟几时过。

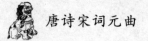

宿范浦

月暗潮又落，西陵渡暂停。

村烟和海雾，舟火乱江星。

路转定山绕，塘连范浦横。

鸱夷近何去，空山临沧溟。

怨词二首

妾有罗衣裳，秦王在时作。

为舞春风多，秋来不堪著。

楼头桃李疏，池上芙蓉落。

织锦犹未成，蛩声入罗幕。

古意二首

玉笼薰绣裳，著罢眠洞房。

不能春风里，吹却兰麝香。

种棘遮蘼芜，畏人来采杀。

比至狂夫还，看看几花发。

魏宫词

朝日照红妆，拟上铜雀台。
画眉犹未了，魏帝使人催。

长乐少年行

遗却珊瑚鞭，白马骄不行。
章台折杨柳，春日路傍情。

湖南曲

湖南送君去，湖北送君归。
湖里鸳鸯鸟，双双他自飞。

中流曲

归时日尚早，更欲向芳洲。

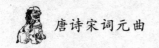

渡口水流急，回船不自由。

王孙游

自与王孙别，频看黄鸟飞。

应由春草误，著处不成归。

小长干曲

月暗送潮风，相寻路不通。

菱歌唱不彻，知在此塘中。

王昭君

汉使南还尽，胡中妾独存。

紫台绵望绝，秋草不堪论。

秦女卷衣

虽入秦帝宫，不上秦帝床。

夜夜玉窗里，与他卷衣裳。

今别离

送别未能旋，相望连水口。
船行欲映洲，几度急摇手。

卫艳词

淇上桑叶青，青楼含白日。
比时遥望君，车马城中出。

渭水西别李仑

陇右长亭堠，山阴古塞秋。
不知呜咽水，何事向西流。

古意

净扫黄金阶，飞霜皎如雪。

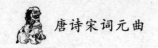

下帘弹箜篌，不忍见秋月。

送韩十四被鲁王推递往济南府

西候情何极，南冠怨有馀。
梁王虽好事，不察狱中书。

九日

江边枫落菊花黄，少长登高一望乡。
九日陶家虽载酒，三年楚客已沾裳。

王昭君

一回望月一回悲，望月月移人不移。
何时得见汉朝使，为妾传书斩画师。

施肩吾诗集

施肩吾，字希圣，洪州人。元和十年登第，隐洪州之西山，为诗奇丽。其最著名的代表作为《幼女词》和《诮山中叟》，前者写一六岁幼女，"向夜在堂前，学人拜新月"（学别人的样子在堂前拜月乞巧），真是不知巧拙，让人又怜又爱；后者描写一山中老翁，八十多岁了还"伛偻带嗽"地"向岩前种松子"，真是老有所为、令人起敬啊！此诗描摹生动细致，虽题为讥诮，实是赞奖。另外《古别离二首》和《壮士行》等诗亦都是想象丰富、构思奇特、动人心魄的佳作。有《西山集》十卷，今编诗一卷（全唐诗上卷第四百九十四）。

幼女词

幼女才六岁，未知巧与拙。

向夜在堂前，学人拜新月。

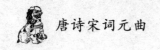

诮山中叟

老人今年八十几，口中零落残牙齿。

天阴伛偻带嗽行，犹向岩前种松子。

瀑布

豁开青冥颠，写出万丈泉。

如裁一条素，白日悬秋天。

古别离二首

古人谩歌西飞燕，十年不见狂夫面。

三更风作切梦刀，万转愁成系肠线。

所嗟不及牛女星，一年一度得相见。

老母别爱子，少妻送征郎。

血流既四面，乃一断二肠。

不愁寒无衣，不怕饥无粮。

惟恐征战不还乡，母化为鬼妻为孀。

及第后过扬子江

忆昔将贡年，抱愁此江边。

鱼龙互闪烁，黑浪高于天。

今日步春草，复来经此道。

江神也世情，为我风色好。

夜宴曲

兰缸如昼晓不眠，玉堂夜起沈香烟。

青娥一行十二仙，欲笑不笑桃花然。

碧窗弄娇梳洗晚，户外不知银汉转。

被郎嗔罚琉璃盏，酒入四肢红玉软。

效古兴

金雀无旧钗，缃绮无旧裾。

唯有一寸心，长贮万里夫。

南轩夜虫织已促，北牖飞蛾绕残烛。

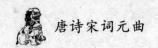

只言众口铄千金，谁信独愁销片玉。

不知岁晚归不归，又将啼眼缝征衣。

代征妇怨

寒窗羞见影相随，嫁得五陵轻薄儿。

长短艳歌君自解，浅深更漏妾偏知。

画裙多泪鸳鸯湿，云鬓慵梳玳瑁垂。

何事不看霜雪里，坚贞惟有古松枝。

送人南游

见说南行偏不易，中途莫忘寄书频。

凌空瘴气堕飞鸟，解语山魈恼病人。

闽县绿娥能引客，泉州乌药好防身。

异花奇竹分明看，待汝归来画取真。

赠边将

轻生奉国不为难，战苦身多旧箭瘢。

玉匣锁龙鳞甲冷，金铃衬鹘羽毛寒。

皂貂拥出花当背，白马骑来月在鞍。

犹恐犬戎临虏塞，柳营时把阵图看。

上礼部侍郎陈情

九重城里无亲识，八百人中独姓施。

弱羽飞时攒箭险，蹇驴行处薄冰危。

晴天欲照盆难反，贫女如花镜不知。

却向从来受恩地，再求青律变寒枝。

早春残雪

春景照林峦，玲珑雪影残。

井泉添碧甃，药圃洗朱栏。

云路迷初醒，书堂映渐难。

花分梅岭色，尘减玉阶寒。

远称栖松鹤，高宜点露盘。

伫逢春律后，阴谷始堪看。

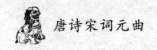

送端上人游天台

师今欲向天台去，来说天台意最真。
溪过石桥为险处，路逢毛褐是真人。
云边望字钟声远，雪里寻僧脚迹新。
只可且论经夏别，莫教琪树两回春。

惜花

落尽万株红，无人解系风。
今朝芳径里，惆怅锦机空。

冲夜行

夜行无月时，古路多荒榛。
山鬼遥把火，自照不照人。

大堤新咏

行路少年知不知，襄阳全欠旧来时。

宜城贾客载钱出，始觉大堤无女儿。

宿四明山

黎洲老人命余宿，杳然高顶浮云平。

下视不知几千仞，欲晓不晓天鸡声。

禁中新柳

万条金钱带春烟，深染青丝不直钱。

又免生当离别地，宫鸦啼处禁门前。

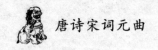

酬张明府

潘令新诗忽寄来，分明绣段对花开。
此时欲醉红楼里，正被歌人劝一杯。

安吉天宁寺闻磬

玉磬敲时清夜分，老龙吟断碧天云。
邻房逢见广州客，曾向罗浮山里闻。

李郢诗集

李郢，字楚望，长安人。大中十年，第进士，官终
侍御史。诗作多写景状物，风格以老练沉郁为主。代表
作有《南池》、《阳羡春歌》、《茶山贡焙歌》、《园居》、
《中元夜》、《晚泊松江驿》、《七夕》、《江亭晚望》、《孔
雀》、《画鼓》、《晓井》等，其中以《南池》流传最广。
该诗描写一家人在南池钓鱼的欢悦场面，"小男供饵妇

搓丝"，真是各有分工，大家齐出力啊！加之有满杯的
香醪美酒可喝，看那鱼儿又正在咬钩，令人欢欣不已，
"一家欢笑在南池"，写得其乐融融，让人羡慕。诗一卷
（全唐诗中卷第五百九十）。

冬至后西湖泛舟看断冰偶成长句

　　一阳生后阴飙竭，湖上层冰看折时。
　　云母扇摇当殿色，珊瑚树碎满盘枝。
　　斜汀藻动鱼应觉，极浦波生雁未知。
　　山影浅中留瓦砾，日光寒外送涟漪。
　　崖崩苇岸纵横散，篙擿兰舟片段随。
　　曾向黄河望冲激，大鹏飞起雪风吹。

阳羡春歌

　　石亭梅花落如积，玉藓斓班竹姑赤。
　　祝陵有酒清若空，煮糯蒸鱼作寒食。
　　长桥新晴好天气，两市儿郎棹船戏。
　　溪头铙鼓狂杀侬，青盖红裙偶相值。
　　风光何处最可怜，邵家高楼白日边。

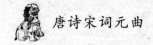

楼下游人颜色喜，溪南黄帽应羞死。

三月未有二月残，灵龟可信淹水干。

荮草青青促归去，短箫横笛说明年。

茶山贡焙歌

使君爱客情无已，客在金台价无比。

春风三月贡茶时，尽逐红旌到山里。

焙中清晓朱门开，筐箱渐见新芽来。

陵烟触露不停探，官家赤印连帖催。

朝饥暮匐谁兴哀，喧阗竞纳不盈掬。

一时一饷还成堆，蒸之馥之香胜梅。

研膏架动轰如雷，茶成拜表贡天子。

万人争啖春山摧，驿骑鞭声眘流电。

半夜驱夫谁复见，十日王程路四千。

到时须及清明宴，吾君可谓纳谏君。

谏官不谏何由闻，九重城里虽玉食。

天涯吏役长纷纷，使君忧民惨容色。

就焙尝茶坐诸客，几回到口重咨嗟。

嫩绿鲜芳出何力，山中有酒亦有歌。

乐营房户皆仙家，仙家十队酒百斛。

金丝宴馔随经过，使君是日忧思多。

客亦无言征绮罗，殷勤绕焙复长叹。

官府例成期如何！吴民吴民莫憔悴，

使君作相期苏尔。

中元夜

江南水寺中元夜，金粟栏边见月娥。

红烛影回仙态近，翠鬟光动看人多。

香飘彩殿凝兰麝，露绕轻衣杂绮罗。

湘水夜空巫峡远，不知归路欲如何。

赠羽林将军

虬须憔悴羽林郎，曾入甘泉侍武皇。

雕没夜云知御苑，马随仙仗识天香。

五湖归去孤舟月，六国平来两鬓霜。

唯有桓伊江上笛，卧吹三弄送残阳。

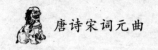

送人之岭南

关山迢递古交州，岁晏怜君走马游。

谢氏海边逢素女，越王潭上见青牛。

嵩台月照啼猿曙，石室烟含古桂秋。

回望长安五千里，刺桐花下莫淹留。

晚泊松江驿

片帆孤客晚夷犹，红蓼花前水驿秋。

岁月方惊离别尽，烟波仍驻古今愁。

云阴故国山川暮，潮落空江网罟收。

还有吴娃旧歌曲，棹声遥散采菱舟。

江亭春霁

江蓠漠漠荇田田，江上云亭霁景鲜。

蜀客帆樯背归燕，楚山花木怨啼鹃。

春风掩映千门柳，晓色凄凉万井烟。

金磬泠泠水南寺，上方僧室翠微连。

早秋书怀

高梧一叶坠凉天，宋玉悲秋泪洒然。

霜拂楚山频见菊，雨零溪树忽无蝉。

虚村暮角催残日，近寺归僧寄野泉。

青鬓已缘多病镊，可堪风景促流年。

为妻作生日寄意

谢家生日好风烟，柳暖花春二月天。

金凤对翘双翡翠，蜀琴初上七丝弦。

鸳鸯交颈期千岁，琴瑟谐和愿百年。

应恨客程归未得，绿窗红泪冷涓涓。

重阳日寄浙东诸从事

野人多病门长掩，荒圃重阳菊自开。

愁里又闻清笛怨，望中难见白衣来。

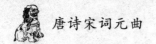

元瑜正及从军乐，甯戚谁怜叩角哀。

红旆纷纷碧江暮，知君醉下望乡台。

上裴晋公

四朝忧国鬓如丝，龙马精神海鹤姿。

天上玉书传诏夜，阵前金甲受降时。

曾经庾亮三秋月，下尽羊昙两路棋。

惆怅旧堂扃绿野，夕阳无限鸟飞迟。

钱塘青山题李隐居西斋

小隐西斋为客开，翠萝深处遍青苔。

林间扫石安棋局，岩下分泉递酒杯。

兰叶露光秋月上，芦花风起夜潮来。

湖山绕屋犹嫌浅，欲棹渔舟近钓台。

友人适越路过桐庐寄题江驿

桐庐县前洲渚平，桐庐江上晚潮生。

莫言独有山川秀，过日仍闻官长清。

麦陇虚凉当水店，鲈鱼鲜美称莼羹。

王孙客棹残春去，相送河桥羡此行。

送刘谷

村桥西路雪初晴，云暖沙干马足轻。

寒涧渡头芳草色，新梅岭外鹧鸪声。

邮亭已送轻车发，山馆谁将候火迎。

落日千峰转迢递，知君回首望高城。

七夕

乌鹊桥头双扇开，年年一度过河来。

莫嫌天上稀相见，犹胜人间去不回。

欲减烟花饶俗世，暂烦烟月掩妆台。

别时旧路长清浅，岂肯离情似死灰。

秦处士移家富春发樟亭怀寄

潮落空江洲渚生，知君已上富春亭。

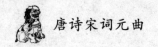

尝闻郭邑山多秀，更说官僚眼尽青。

离别几宵魂耿耿，相思一座发星星。

仙翁白石高歌调，无复松斋半夜听。

故洛阳城

胡兵一动朔方尘，不使銮舆此重巡。

清洛但流呜咽水，上阳深锁寂寥春。

云收少室初晴雨，柳拂中桥晚渡津。

欲问升平无故老，凤楼回首落花频。

立春一日江村偶兴

旧历年光看卷尽，立春何用更相催。

江边野店寒无色，竹外孤村坐见梅。

山雪乍晴岚翠起，渔家向晚笛声哀。

南州近有秦中使，闻道胡兵索战来。

奉陪裴相公重阳日游安乐池亭

绛霄轻霭翊三台，稽阮襟怀管乐才。

莲沼昔为王俭府，菊篱今作孟嘉杯。

宁知北阙元勋在，却引东山旧客来。

自笑吐茵还酩酊，日斜空从绛衣回。

春日题山家

偶与樵人熟，春残日日来。

依冈寻紫蕨，挽树得青梅。

燕静衔泥起，蜂喧抱蕊回。

嫩茶重搅绿，新酒略炊醅。

漠漠蚕生纸，涓涓水弄苔。

丁香政堪结，留步小庭隈。

江亭晚望

碧天凉冷雁来疏，闲望江云思有馀。

秋馆池亭荷叶后，野人篱落豆花初。

无愁自得仙人术，多病能忘太史书。

闻说故园香稻熟，片帆归去就鲈鱼。

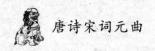

送圆鉴上人游天台

西岭草堂留不住,独携瓶锡向天台。

霜清海寺闻潮至,日宴江船乞食回。

华顶夜寒孤月落,石桥秋尽一僧来。

灵溪道者相逢处,阴洞泠泠竹室开。

送僧之台州

独寻台岭闲游去,岂觉灵溪道里赊。

三井应潮通海浪,五峰攒寺落天花。

寒潭盥漱铜瓶洁,野店安禅锡杖斜。

到日初寻石桥路,莫教云雨湿袈裟。

伤贾岛无可

却到京师事事伤,惠休归寂贾生亡。

何人收得文章箧,独我来经苔藓房。

一命未沾为逐客,万缘初尽别空王。

萧萧竹坞斜阳在，叶覆闲阶雪拥墙。

酬王舍人雪中见寄

三日柴门拥不开，阶庭平满白皑皑。
今朝踏作琼瑶迹，为有诗从凤沼来。

蝉

饮蝉惊雨落高槐，山蚁移将入石阶。
若使秦楼美人见，还应一为拔金钗。

重游天台

南国天台山水奇，石桥危险古来知。
龙潭直下一百丈，谁见生公独坐时。

上元日寄湖杭二从事

恋别山灯忆水灯，山光水焰百千层。

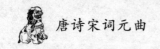

谢公留赏山公唤，知入笙歌阿那朋。

寒食野望

旧坟新陇哭多时，流世都堪几度悲。
乌鸟乱啼人未远，野风吹散白棠梨。

清明日题一公禅室

山头兰若石楠春，山下清明烟火新。
此日何穷礼禅客，归心谁是恋禅人。

七夕寄张氏兄弟

新秋牛女会佳期，红粉筵开玉馔时。
好与檀郎寄花朵，莫教清晓羡蛛丝。

春晚与诸同舍出城迎座主侍郎

三十骅骝一哄尘，来时不锁杏园春。

东风柳絮轻如雪，应有偷游曲水人。

张郎中宅戏赠二首

薄雪燕翁紫燕钗，钗垂簛簌抱香怀。

一声歌罢刘郎醉，脱取明金压绣鞋。

谢家青妓邃重关，谁省春风见玉颜。

闻道彩鸾三十六，一双双对碧池莲。

醉送

江梅冷艳酒清光，急拍繁弦醉画堂。

无限柳条多少雪，一将春恨付刘郎。

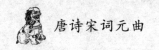

晓井

桐阴覆井月斜明，百尺寒泉古甃清。

越女携瓶下金索，晓天初放辘轳声。

偶作

一杯正发吟哦兴，两盏还生去住愁。

何似全家上船去，酒旗多处即淹留。

画鼓

尝闻画鼓动欢情，及送离人恨鼓声。

两杖一挥行缆解，暮天空使别魂惊。

燕翁花

十二街中何限草，燕翁尽欲占残春。

黄花扑地无穷极，愁杀江南去住人。

邵博士溪亭

野茶无限春风叶，溪水千重返照波。

只去长桥三十里，谁人一解枉帆过。

小石上见亡友题处

笋石清琤入紫烟，陆云题处是前年。

苔侵雨打依稀在，惆怅凉风树树蝉。

送李判官

津市停桡送别难，荧荧蜡炬照更阑。

东风万叠吹江月，谁伴袁裒宿夜滩。

宿杭州虚白堂

秋月斜明虚白堂，寒蛩唧唧树苍苍。

江风彻晓不得睡，二十五声秋点长。

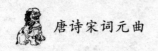

皇甫松诗集

　　皇甫松,自称檀栾子。代表作有《采莲子二首》、《怨回纥歌》、《浪淘沙二首》等,其中以《采莲子二首》的艺术成就最为杰出,第一首诗中写一采莲少女因"贪戏采莲迟",傍晚了还在船头弄水,而且还"更脱红裙裹鸭儿"(脱下红裙子将小鸭子裹起来),将女孩儿的活泼顽皮和怜物爱人之情状描摹得历历如画,极其生动逼真。第二首写少女贪看"湖光滟滟"入了迷,索性让船随风飘荡,还时而兴起"无端隔水抛莲子",但发现有人偷看后羞涩惶恐了老半天("遥被人知半日羞"),那姿态真是让人又怜又爱。

采莲子二首

菡萏香连十顷陂,小姑贪戏采莲迟。

晚来弄水船头湿,更脱红裙裹鸭儿。

船动湖光滟滟秋,贪看年少信船流。

无端隔水抛莲子,遥被人知半日羞。

古松感兴

皇天后土力，使我向此生。

贵贱不我均，若为天地情。

我家世道德，旨意匡文明。

家集四百卷，独立天地经。

寄言青松姿，岂羡朱槿荣。

昭昭大化光，共此遗芳馨。

怨回纥歌

白首南朝女，愁听异域歌。

收兵颉利国，饮马胡芦河。

毳布腥膻久，穹庐岁月多。

雕巢城上宿，吹笛泪滂沱。

江上送别

祖席驻征棹，开帆候信潮。

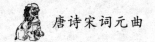

隔筵桃叶泣，吹管杏花飘。

船去鸥飞阁，人归尘上桥。

别离惆怅泪，江路湿红蕉。

劝僧酒

劝僧一杯酒，共看青青山。

酣然万象灭，不动心印闲。

登郭隗台

燕相谋在兹，积金黄巍巍。

上者欲何颜，使我千载悲。

张祜诗集

　　张祜，字承吉，清河人，以宫词得名。长庆中，令狐楚表荐之，不报，辟诸侯府，多不合，自劾去。尝客淮南，爱丹阳曲阿地，筑室卜隐。其诗风沉静浑厚，有隐逸之气，但略显不够清新生动；吟咏的题材相当丰富（这里面包括众多寺庙的题作和有关各种乐器及鸟禽的诗咏等等）。代表作有《题金陵渡》、《雁门太守行》、《送苏绍之归岭南》、《旅次石头岸》、《隋宫怀古》、《从军行》、《爱妾换马》、《宫词二首》、《夜宿溢浦逢崔升》、《听筝》、《散花楼》、《悲纳铁》、《樱桃》等，其中《题金陵渡》和《宫词二首》流传颇广。集十卷，今编诗二卷（全唐诗中卷第五百一十和五百一十一）。

题金陵渡

金陵津渡小山楼，一宿行人自可愁。
潮落夜江斜月里，两三星火是瓜州。

宫词二首

故国三千里，深宫二十年。
一声河满子，双泪落君前。
自倚能歌日，先皇掌上怜。
新声何处唱，肠断李延年。

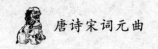

送蜀客

楚客去岷江，西南指天末。

平生不达意，万里船一发。

行行三峡夜，十二峰顶月。

哀猿别曾林，忽忽声断咽。

嘉陵水初涨，岩岭耗积雪。

不妨高唐云，却藉宋玉说。

峨眉远凝黛，脚底谷洞穴。

锦城昼氤氲，锦水春活活。

成都滞游地，酒客须醉杀。

莫恋卓家垆，相如已屑屑。

团扇郎

白团扇，今来此去捐。

愿得入郎手，团圆郎眼前。

寄朗州徐员外

江岭昔飘蓬，人间值俊雄。
关西今孔子，城北旧徐公。
清夜游何处，良辰此不同。
伤心几年事，一半在湖中。

旅次上饶溪

碧溪行几折，凝棹宿汀沙。
角断孤城掩，楼深片月斜。
夜桥昏水气，秋竹静霜华。
更想曾题壁，凋零可叹嗟。

送徐彦夫南迁

万里客南迁，孤城涨海边。
瘴云秋不断，阴火夜长然。
月上行虚市，风回望舶船。

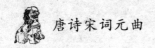

知君还自洁，更为酌贪泉。

送韦整尉长沙

远远长沙去，怜君利一官。
风帆彭蠡疾，云水洞庭宽。
木客提蔬束，江乌接饭丸。
莫言卑湿地，未必乏新欢。

送外甥

衰年生倳少，唯尔最关心。
偶作魏舒别，聊为殷浩吟。
白波舟不定，黄叶路难寻。
自此尊中物，谁当更共斟。

赠薛鼎臣侍御

一命前途远，双曹小邑闲。
夜潮人到郭，春雾鸟啼山。

1310

浅濑横沙堰，高岩峻石斑。

不堪曾倚棹，犹复梦升攀。

送李长史归涪州

涪江江上客，岁晚却还乡。

暮过高唐雨，秋经巫峡霜。

急滩船失次，叠嶂树无行。

好为题新什，知君思不常。

赠契衡上人

小门开板阁，终日是逢迎。

语笑人同坐，修持意别行。

水花秋始发，风竹夏长清。

一恨凄惶久，怜师记姓名。

走笔赠许玖赴桂州命

桂林真重德，莲幕藉殊才。

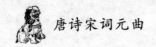

直气自消瘴，远心无暂灰。

剑棱丛石险，箭激乱流回。

莫说雁不到，长江鱼尽来。

题上饶亭

溪亭拂一琴，促轸坐披衿。

夜月水南寺，秋风城外砧。

早霜红叶静，新雨碧潭深。

唯是壶中物，忧来且自斟。

题僧壁

出门无一事，忽忽到天涯。

客地多逢酒，僧房却厌花。

棋因王粲覆，鼓是祢衡挝。

自喜疏成品，生前不怨嗟。

将之衡阳道中作

万里南方去，扁舟泛自身。

长年无爱物，深话少情人。

醉卧襟长散，闲书字不真。

衡阳路犹远，独与雁为宾。

题圣女庙

古庙无人入，苍皮涩老桐。

蚁行蝉壳上，蛇蟠雀巢中。

浅水孤舟泊，轻尘一座蒙。

晚来云雨去，荒草是残风。

咏风

摇摇歌扇举，悄悄舞衣轻。

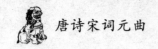

引笛秋临塞，吹沙夜绕城。

向峰回雁影，出峡送猿声。

何似琴中奏，依依别带情。

江城晚眺

重槛构云端，江城四郁盘。

河流出郭静，山色对楼寒。

浪草侵天白，霜林映日丹。

悠然此江思，树杪几樯竿。

题樟亭

晓霁凭虚槛，云山四望通。

地盘江岸绝，天映海门空。

树色连秋霭，潮声入夜风。

年年此光景，催尽白头翁。

登广武原

广武原西北，华夷此浩然。

地盘山入海，河绕国连天。

远树千门邑，高樯万里船。

乡心日云暮，犹在楚城边。

题程氏书斋

僻巷难通马，深园不藉篱。

青萝缠柏叶，红粉坠莲枝。

雨燕衔泥近，风鱼咂网迟。

缘君寻小阮，好是更题诗。

毁浮图年逢东林寺旧

可惜东林寺，空门失所依。

翻经谢灵运，画壁陆探微。

隙地泉声在，荒途马迹稀。

殷勤话僧辈，未敢保儒衣。

贵池道中作

赢骖驱野岸，山远路盘盘。

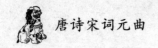

清露月华晓，碧江星影寒。
离群徒长泣，去国自加餐。
霄汉宁无旧，相哀自语端。

喜王子载话旧

相逢青眼日，相叹白头时。
累话三朝事，重看一局棋。
欢娱非老大，成长是婴儿。
且尽尊中物，无烦更后期。

秋日病中

析析檐前竹，秋声拂簟凉。
病加阴已久，愁觉夜初长。
坐拾车前子，行看肘后方。
无端忧食忌，开镜倍萎黄。

访许用晦

远郭日曛曛，停桡一访君。

小桥通野水，高树入江云。

酒兴曾无敌，诗情旧逸群。

怪来音信少，五十我无闻。

题海盐南馆

故人营此地，台馆尚依依。

黑夜山魈语，黄昏海燕归。

旧阴杨叶在，残雨槿花稀。

无复南亭赏，高檐红烛辉。

晚秋江上作

万里穷秋客，萧条对落晖。

烟霞山鸟散，风雨庙神归。

地远蛩声切，天长雁影稀。

那堪正砧杵，幽思想寒衣。

吴宫曲

日下苑西宫，花飘香径红。

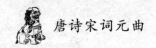

玉钗斜白燕，罗带弄青虫。

皓齿初含雪，柔枝欲断风。

可怜倾国艳，谁信女为戎。

赋昭君冢

万里关山冢，明妃旧死心。

恨为秋色晚，愁结暮云阴。

夜切胡风起，天高汉月临。

已知无玉貌，何事送黄金。

哭汴州陆大夫

利剑太坚操，何妨拔一毛。

冤深陆机雾，愤积伍员涛。

直道非无验，明时不录劳。

谁当青史上，卒为显词褒。

晚夏归别业

古岸扁舟晚，荒园一径微。

鸟啼新果熟，花落故人稀。

宿润侵苔甃，斜阳照竹扉。

相逢尽乡老，无复话时机。

公子行

春色满城池，杯盘著处移。

镫金斜雁子，鞍帕嫩鹅儿。

买笑歌桃李，寻歌折柳枝。

可怜明月夜，长是管弦随。

题曾氏园林

十亩长堤宅，萧疏半老槐。

醉眠风卷簟，棋罢月移阶。

斫树遗桑斧，浇花湿笋鞋。

还将齐物论，终岁自安排。

读始兴公传

殁世议方存，升平道几论。

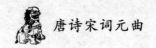

诗情光日月，笔力动乾坤。

乱首光雄算，朝纲在典坟。

明时封禅绩，山下见丘门。

中秋月

碧落桂含姿，清秋是索期。

一年逢好夜，万里见明时。

绝域行应久，高城下更迟。

人间系情事，何处不相思。

题常州水西馆

隙地丛筠植，修廊列堵环。

楼台疏占水，冈岸远成山。

尽日草深映，无风舟自闲。

聊当俟芳夕，一泛芰荷间。

题李渎山居玉潭

古树千年色，苍崖百尺阴。

发寒泉气静，神骇玉光沉。

上穴青冥小，中连碧海深。

何当烟月下，一听夜龙吟。

题陆墉金沙洞居

东溪泉一眼，归卧惬高疏。

决水金沙静，梯云石壁虚。

细吟搔短发，深话笑长裾。

莫道遗名品，尝闻入洛初。

题陆敦礼山居伏牛潭

伏牛真怪事，馀胜几人谙。

日彩沉青壁，烟容静碧潭。

泛心何虑冷，漱齿讵忘甘。

幸挈壶中物，期君正兴酣。

旅次石头岸

行行石头岸，身事两相违。

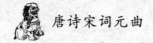

旧国日边远，故人江上稀。

水声寒不尽，山色暮相依。

惆怅未成语，数行鸦又飞。

观宋州于使君家乐琵琶

历历四弦分，重来上界闻。

玉盘飞夜雹，金磬入秋云。

陇雾筘凝水，砂风雁咽群。

不堪天塞恨，青冢是昭君。

筝

绰绰下云烟，微收皓腕鲜。

夜风生碧柱，春水咽红弦。

翠佩轻犹触，莺枝涩未迁。

芳音何更妙，清月共婵娟。

歌

一夜列三清，闻歌曲阜城。

雪飞红烬影，珠贯碧云声。

皓齿娇微发，青蛾怨自生。

不知新弟子，谁解啭喉轻。

笙

董双成一妙，历历韵风篁。

清露鹤声远，碧云仙吹长。

气侵银项湿，膏胤漆瓢香。

曲罢不知处，巫山空夕阳。

五弦

小小月轮中，斜抽半袖红。

玉瓶秋滴水，珠箔夜悬风。

徵调侵弦乙，商声过指拢。

只愁才曲罢，云雨去巴东。

箫

一管妙清商，纤红玉指长。

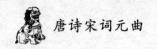

雪藤新换束，霞锦旋抽囊。

并揭声犹远，深含曲未央。

坐中知密顾，微笑是周郎。

笛

紫清人一管，吹在月堂中。

雁起雪云夕，龙吟烟水空。

虏尘深汉地，羌思切边风。

试弄阳春曲，西园桃已红。

舞

荆台呈妙舞，云雨半罗衣。

袅袅腰疑折，褰褰袖欲飞。

雾轻红踯躅，风艳紫蔷薇。

强许传新态，人间弟子稀。

箜篌

星汉夜牢牢，深帘调更高。

乱流公莫度，沉骨妪空嘷。

向月轻轮甲，迎风重纫条。

不堪闻别引，沧海恨波涛。

夕次桐庐

百里清溪口，扁舟此去过。

晚潮风势急，寒叶雨声多。

戍出山头鼓，樵通竹里歌。

不堪无酒夜，回首梦烟波。

入潼关

都城三百里，雄险此回环。

地势遥尊岳，河流侧让关。

秦皇曾虎视，汉祖昔龙颜。

何处枭凶辈，干戈自不闲。

南宫叹亦述玄宗追恨太真妃事

北陆冰初结，南宫漏更长。

何劳却睡草，不验返魂香。

月隐仙娥艳，风残梦蝶扬。

徒悲旧行迹，一夜玉阶霜。

题平望驿

一派吴兴水，西来此驿分。

路遥经几日，身去是孤云。

雨气朝忙蚁，雷声夜聚蚊。

何堪秋草色，到处重离群。

咏史二首

汉代非良计，西戎世世尘。

无何求善马，不算苦生民。

外国雠虚结，中华愤莫伸。

却教为后耻，昭帝远和亲。

留名鲁连去，于世绝遗音。

尽爱聊城下，宁知沧海深。

偶然飞一箭，无事在千金。

回望凌烟阁，何人是此心。

洞房燕

清晓洞房开，佳人喜燕来。

乍疑钗上动，轻似掌中回。

暗语临窗户，深窥傍镜台。

新妆正含思，莫拂画梁埃。

答僧赠柱杖

千回掌上横，珍重远方情。

客问何人与，闽僧寄一茎。

画空疑未决，卓地计初成。

幸以文堪采，扶持力不轻。

忆云阳宅

一别云阳宅，深愁度岁华。

翠浓春槛柳，红满夜庭花。

鸟影垂纤竹，鱼行践浅沙。

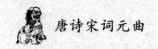

聊当因寤寐，归思浩无涯。

题造微禅师院

夜香闻偈后，岑寂掩双扉。

照竹灯和雪，穿云月到衣。

草堂疏磬断，江寺故人稀。

唯忆江南雨，春风独鸟归。

题万道人禅房

何处凿禅壁，西南江上峰。

残阳过远水，落叶满疏钟。

世事静中去，道心尘外逢。

欲知情不动，床下虎留踪。

病后访山客

久病倦衾枕，独行来访君。

因逢归马客，共对出溪云。

1328

新月坐中见，暮蝉愁处闻。

相欢贵无事，莫想路歧分。

题松汀驿

山色远含空，苍茫泽国东。

海明先见日，江白迥闻风。

鸟道高原去，人烟小径通。

那知旧遗逸，不在五湖中。

早春钱塘湖晚眺

落日下林坂，抚襟睇前踪。

轻澌流回浦，残雪明高峰。

仰视天宇旷，俯登云树重。

聊当问真界，昨夜西峦钟。

濠州水馆

高阁去烦燠，客心遂安舒。

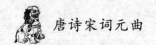

清流中浴鸟，白石下游鱼。

秋树色凋翠，夜桥声袅虚。

南轩更何待，坐见玉蟾蜍。

石头城寺

山势抱烟光，重门突兀傍。

连檐金像阁，半壁石龛廊。

碧树丛高顶，清池占下方。

徒悲宦游意，尽日老僧房。

题润州金山寺

一宿金山寺，超然离世群。

僧归夜船月，龙出晓堂云。

树色中流见，钟声两岸闻。

翻思在朝市，终日醉醺醺。

题润州甘露寺

千重构横险，高步出尘埃。

1330

日月光先见，江山势尽来。

冷云归水石，清露滴楼台。

况是东溟上，平生意一开。

题杭州孤山寺

楼台耸碧岑，一径入湖心。

不雨山长润，无云水自阴。

断桥荒藓涩，空院落花深。

犹忆西窗月，钟声在北林。

题馀杭县龙泉观

四回山一面，台殿已嵯峨。

中路见山远，上方行石多。

天晴花气漫，地暖鸟音和。

徒漱葛仙井，此生其奈何。

题径山大觉禅师影堂

超然彼岸人，一径谢微尘。

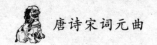

见相即非相，观身岂是身。

空门性未灭，旧里化犹新。

谩指堂中影，谁言影似真。

题濠州钟离寺

遥遥东郭寺，数里占原田。

远岫碧光合，长淮清派连。

院藏归鸟树，钟到落帆船。

唯羡空门叟，栖心尽百年。

秋夜宿灵隐寺师上人

月色荒城外，江声野寺中。

贫知交道薄，老信释门空。

露叶凋阶藓，风枝戛井桐。

不妨无酒夜，闲话值生公。

题苏州灵岩寺

碧海西陵岸，吴王此盛时。

山行今佛寺，水见旧宫池。

亡国人遗恨，空门事少悲。

聊当值僧语，尽日把松枝。

题苏州楞伽寺

楼台山半腹，又此一经行。

树隔夫差苑，溪连勾践城。

上坡松径涩，深坐石池清。

况是西峰顶，凄凉故国情。

题重居寺

浮图经近郭，长日羡僧闲。

竹径深开院，松门远对山。

重廊标板榜，高殿锁金环。

更问寻雷室，西行咫尺间。

题南陵隐静寺

松径上登攀，深行烟霭间。

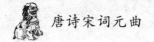
合流厨下水，对耸殿前山。

润壁鸟音迥，泉源僧步闲。

更怜飞一锡，天外与云还。

题丘山寺

几代儒家业，何年佛寺碑。

地平边海处，江出上山时。

故国人长往，空门事可知。

凄凉问禅客，身外即无为。

题道光上人山院

真僧上方界，山路正岩岩。

地僻泉长冷，亭香草不凡。

火田生白菌，烟岫老青杉。
尽日唯山水，当知律行严。

赠庐山僧

一室炉峰下，荒榛手自开。
粉牌新薜叶，竹援小葱台。
树黑云归去，山明日上来。
便知心是佛，坚坐对寒灰。

题惠山寺

旧宅人何在，空门客自过。
泉声到池尽，山色上楼多。
小洞生斜竹，重阶夹细莎。
殷勤望城市，云水暮钟和。

题虎丘寺

轻棹驻回流，门登西虎丘。

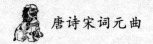

雾青山月晓，云白海天秋。

倚殿松株涩，欹庭石片幽。

青蛾几时墓，空色尚悠悠。

题普贤寺

何人知寺路，松竹暗春山。

潭黑龙应在，巢空鹤未还。

经年来客倦，半日与僧闲。

更共尝新茗，闻钟笑语间。

题虎丘东寺

云树拥崔嵬，深行异俗埃。

寺门山外入，石壁地中开。

仰砌池光动，登楼海气来。

伤心万古意，金玉葬寒灰。

题虎丘西寺

嚣尘楚城外，一寺枕通波。

松色入门远，冈形连院多。

花时长到处，别路半经过。

惆怅旧禅客，空房深薜萝。

塞下曲

二十逐嫖姚，分兵远戍辽。

雪迷经塞夜，冰壮渡河朝。

促放雕难下，生骑马未调。

小儒何足问，看取剑横腰。

宿淮阴水馆

积水自成阴，昏昏月映林。

五更离浦桌，一夜隔淮砧。

漂母乡非远，王孙道岂沉。

不当无健妪，谁肯效前心。

感河上兵

一闻河塞上，非是欲权兵。

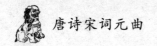

首尾诚须畏，膏肓慎勿轻。

多门徒可入，尽室且思行。

莫为无媒者，沧浪不濯缨。

采桑

自古多征战，由来尚甲兵。

长驱千里去，一举两番平。

按剑从沙漠，歌谣满帝京。

寄言天下将，须立武功名。

寄题商洛王隐居

近逢商洛口，知尔坐南塘。

草阁平春水，柴门掩夕阳。

随蜂收野蜜，寻麝采生香。

更忆前年醉，松花满石床。

送客归湘楚

无辞一杯酒，昔日与君深。

秋色换归鬓，曙光生别心。

桂花山庙冷，枫树水楼阴。

此路千馀里，应劳楚客吟。

登金山寺

古今斯岛绝，南北大江分。

水阔吞沧海，亭高宿断云。

返潮千涧落，啼鸟半空闻。

皆是登临处，归航酒半醺。

洛阳感寓

扰扰都城晓四开，不关名利也尘埃。

千门甲第身遥入，万里铭旌死后来。

洛水暮烟横莽苍，邙山秋日露崔嵬。

须知此事堪为镜，莫遣黄金漫作堆。

从军行

少年金紫就光辉，直指边城虎翼飞。

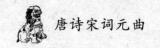
一卷旌收千骑虏，万全身出百重围。

黄云断塞寻鹰去，白草连天射雁归。

白首汉廷刀笔吏，丈夫功业本相依。

爱妾换马

一面妖桃千里蹄，娇姿骏骨价应齐。

乍牵玉勒辞金栈，催整花钿出绣闺。

去日岂无沾袂泣，归时还有顿衔嘶。

婵娟蹙蹀春风里，挥手摇鞭杨柳堤。

绮阁香销华厩空，忍将行雨换追风。

休怜柳叶双眉翠，却爱桃花两耳红。

侍宴永辞春色里，趁朝休立漏声中。

恩劳未尽情先尽，暗泣嘶风两意同。

感王将军柘枝妓殁

寂寞春风旧柘枝，舞人休唱曲休吹。

鸳鸯钿带抛何处，孔雀罗衫付阿谁。

画鼓不闻招节拍，锦靴空想挫腰肢。

今来座上偏惆怅，曾是堂前教彻时。

扬州法云寺双桧

谢家双植本图荣，树老人因地变更。

朱顶鹤知深盖偃，白眉僧见小枝生。

高临月殿秋云影，静入风檐夜雨声。

纵使百年为上寿，绿阴终借暂时行。

忆游天台寄道流

忆昨天台到赤城，几朝仙籁耳中生。

云龙出水风声过，海鹤鸣皋日色清。

石笋半山移步险，桂花当洞拂衣轻。

今来尽是人间梦，刘阮茫茫何处行。

寄王尊师

天台南洞一灵仙，骨耸冰棱貌莹然。

曾对浦云长昧齿，重来华表不知年。

溪桥晚下玄龟出，草露朝行白鹿眠。

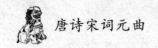

犹忆夜深华盖上，更无人处话丹田。

公子行

锦堂昼永绣帘垂，立却花骢待出时。

红粉美人擎酒劝，青衣年少臂鹰随。

轻将玉杖敲花片，旋把金鞭约柳枝。

近地独游三五骑，等闲行傍曲江池。

寓怀寄苏州刘郎中

一闻周召佐明时，西望都门强策羸。

天子好文才自薄，诸侯力荐命犹奇。

贺知章口徒劳说，孟浩然身更不疑。

唯是胜游行未遍，欲离京国尚迟迟。

和杜牧之齐山登高

秋溪南岸菊霏霏，急管烦弦对落晖。

红叶树深山径断，碧云江静浦帆稀。

不堪孙盛嘲时笑，愿送王弘醉夜归。

流落正怜芳意在，砧声徒促授寒衣。

题于越亭

扁舟亭下驻烟波，十五年游重此过。

洲觜露沙人渡浅，树稍藏竹鸟啼多。

山衔落照敧红盖，水蹙斜文卷绿罗。

肠断中秋正圆月，夜来谁唱异乡歌。

寄献萧相公

东去江干是胜游，鼎湖兴望不堪愁。

谢安近日违朝旨，傅说当时允帝求。

暂向聊城飞一箭，长为沧海系扁舟。

分明此事无人见，白首相看未肯休。

骆宾王诗集

骆宾王，义乌人，七岁能属文，尤妙于五言诗，尝作《帝京篇》，当时以为绝唱。初为道王府属，历武功主簿，又调长安主簿，武后时，左迁临海丞，怏怏失志，弃官去。徐敬业举义，署为府属，为敬业草檄，斥武后罪状。武后读之，矍然叹曰："宰相安得失此人？"，情景仿佛当年曹操欣赏陈琳一般。敬业事败，宾王亡命，不知所终。中宗时，诏求其文，得数百篇，集成十卷。骆宾王素以神童著称，七岁时写的《鹅》描画生动，童叟皆诵，可见其之早慧。其文才过人，多有长作，文辞清丽，意象生动；意蕴丰富，有感人肺腑之力。代表作有《鹅》、《在江南赠宋五之问》、《畴昔篇》、《在狱咏蝉》、《棹歌行》、《咏美人在天津桥》、《早发诸暨》、《秋晨同淄川毛司马秋九咏》等，其中除《鹅》外以《在狱咏蝉》为最著名，该诗托物言志，以幽栖高树，餐风饮露的蝉寄寓自己高洁之志，然蝉露重飞难，风淹其鸣，而我又身陷囹圄，壮志难酬；自己和蝉的处境何其相似，不禁感伤之至，读来令人泫然涕下。《咏美人在天津桥》一诗中的美人亦刻画的相当生动，使人心仪神往。其诗编为三卷（全唐诗上卷第七十七，七十八，七十九）。

咏鹅

鹅鹅鹅，曲项向天歌。

白毛浮绿水，红掌拨清波。

在狱咏蝉

西陆蝉声唱，南冠客思侵。

那堪玄鬓影，来对白头吟。

露重飞难进，风多响易沉。

无人信高洁，谁为表予心。

咏美人在天津桥

美女出东邻，容与上天津。

整衣香满路，移步袜生尘。

水下看妆影，眉头画月新。

寄言曹子建，个是洛川神。

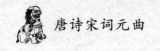

晚憩田家

转蓬劳远役，披薜下田家。

山形类九折，水势急三巴。

悬梁接断岸，涩路拥崩查。

雾岩沦晓魄，风溆涨寒沙。

心迹一朝舛，关山万里赊。

龙章徒表越，闽俗本殊华。

旅行悲泛梗，离赠折疏麻。

唯有寒潭菊，独似故园花。

出石门

层岩远接天，绝岭上栖烟。

松低轻盖偃，藤细弱丝悬。

石明如挂镜，苔分似列钱。

暂策为龙杖，何处得神仙。

至分陕

陕西开胜壤，召南分沃畴。

列树巢维鹊，平渚下睢鸠。

憩棠疑勿剪，曳葛似攀樛。

至今王化美，非独在隆周。

北眺春陵

揽辔疲宵迈，驱马倦晨兴。

既出封泥谷，还过避雨陵。

山行明照上，豀宿密云蒸。

登高徒欲赋，词殚独抚膺。

夏日游目聊作

暂屏嚣尘累，言寻物外情。

致逸心逾默，神幽体自轻。

浦夏荷香满，田秋麦气清。

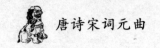

讵假沧浪上，将濯楚臣缨。

同崔驸马晓初登楼思京

丽谯通四望，繁忧起万端。
绮疏低晚魄，镂槛肃初寒。
白云乡思远，黄图归路难。
唯馀西向笑，暂似当长安。

月夜有怀简诸同病

闲庭落景尽，疏帘夜月通。
山灵响似应，水净望如空。
栖枝犹绕鹊，遵渚未来鸿。
可叹高楼妇，悲思杳难终。

叙寄员半千

薄宦三河道，自负十馀年。
不应惊若厉，只为直如弦。

坐历山川险，吁嗟陵谷迁。

长吟空抱膝，短翮讵冲天。

魂归沧海上，望断白云前。

钓名劳拾紫，隐迹自谈玄。

不学多能圣，徒思鸿宝仙。

斯志良难已，此道岂徒然。

嗟为刀笔吏，耻从绳墨牵。

岐路情虽狎，人伦地本偏。

长揖谢时事，独往访林泉。

寄言二三子，生死不来旋。

咏怀古意上裴侍郎

三十二馀罢，鬓是潘安仁。

四十九仍入，年非朱买臣。

纵横愁系越，坎壈倦游秦。

出笼穷短翮，委辙涸枯鳞。

穷经不沾用，弹铗欲谁申。

天子未驱策，岁月几沉沦。

轻生长慷慨，效死独殷勤。

徒歌易水客，空老渭川人。

一得视边塞，万里何苦辛。

剑匣胡霜影，弓开汉月轮。

金刀动秋色，铁骑想风尘。

为国坚诚款，捐躯忘贱贫。

勒功思比宪，决略暗欺陈。

若不犯霜雪，虚掷玉京春。

春夜韦明府宅宴得春字

酌桂陶芳夜，披薜啸幽人。

雅琴驯鲁雉，清歌落范尘。

宿云低迥盖，残月上虚轮。

幸此承恩洽，聊当故乡春。

1350

过张平子墓

西鄂该通理，南阳擅德音。

玉厄浮藻丽，铜浑积思深。

忽怀今日昔，非复昔时今。

日落丰碑暗，风来古木吟。

惟叹穷泉下，终郁羡鱼心。

艳情代郭氏答卢照邻

迢迢芊路望芝田，眇眇函关恨蜀川。

归云已落涪江外，还雁应过洛水湍。

洛水傍连帝城侧，帝宅层甍垂凤翼。

铜驼路上柳千条，金谷园中花几色。

柳叶园花处处新，洛阳桃李应芳春。

妾向双流窥石镜，君住三川守玉人。

此时离别那堪道，此日空床对芳沼。

芳沼徒游比目鱼，幽径还生拔心草。

流风回雪傥便娟，骥子鱼文实可怜。

掷果河阳君有分，货酒成都妾亦然。

莫言贫贱无人重，莫言富贵应须种。

绿珠犹得石崇怜，飞燕曾经汉皇宠。

良人何处醉纵横，直如循默守空名。

倒提新缣成慊慊，翻将故剑作平平。

离前吉梦成兰兆，别后啼痕上竹生。

别日分明相约束，已取宜家成诚勖。

当时拟弄掌中珠，岂谓先摧庭际玉。

悲鸣五里无人问，肠断三声谁为续。

思君欲上望夫台，端居懒听将雏曲。

沉沉落日向山低，檐前归燕并头栖。

抱膝当窗看夕兔，侧耳空房听晓鸡。

舞蝶临阶只自舞，啼鸟逢人亦助啼。

独坐伤孤枕，春来悲更甚。

峨眉山上月如眉，濯锦江中霞似锦。

锦字回文欲赠君，剑壁层峰自纠纷。

平江森森分清浦，长路悠悠间白云。

也知京洛多佳丽，也知山岫遥亏蔽。

无那短封即疏索，不在长情守期契。

传闻织女对牵牛，相望重河隔浅流。

谁分迢迢经两岁，谁能脉脉待三秋。

情知唾井终无理，情知覆水也难收。

不复下山能借问，更向卢家字莫愁。

从军行

平生一顾重，意气溢三军。

野日分戈影，天星合剑文。

弓弦抱汉月，马足践胡尘。

不求生入塞，唯当死报君。

王昭君

敛容辞豹尾，缄恨度龙鳞。

金钿明汉月，玉箸染胡尘。

凸镜菱花暗，愁眉柳叶颦。

唯有清笳曲，时闻芳树春。

于紫云观赠道士

碧落澄秋景，玄门启曙关。

人疑列御至，客似令威还。

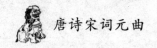

羽盖徒欣仰，云车未可攀。

只应倾玉醴，时许寄颓颜。

渡瓜步江

捧檄辞幽径，鸣榔下贵洲。

惊涛疑跃马，积气似连牛。

月迥寒沙净，风急夜江秋。

不学浮云影，他乡空滞留。

途中有怀

眷然怀楚奏，怅矣背秦关。

涸鳞惊照辙，坠羽怯虚弯。

素服三川化，乌裘十上还。

莫言无皓齿，时俗薄朱颜。

至分水戍

行役忽离忧，复此怆分流。

溅石回湍咽，萦丛曲涧幽。
阴岩常结晦，宿莽竞含秋。
况乃霜晨早，寒风入戍楼。

望乡夕泛

归怀剩不安，促榜犯风澜。
落宿含楼近，浮月带江寒。
喜逐行前至，忧从望里宽。
今夜南枝鹊，应无绕树难。

久客临海有怀

天涯非日观，地屺望星楼。
练光摇乱马，剑气上连牛。
草湿姑苏夕，叶下洞庭秋。
欲知凄断意，江上涉安流。

游兖部逢孔君自卫来，欣然相遇若旧

游人自卫返，背客隔淮来。

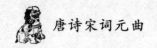

倾盖金兰合，忘筌玉叶开。

繁花明日柳，疏蕊落风梅。

将期重交态，时慰不然灰。

西京守岁

闲居寡言宴，独坐惨风尘。

忽见严冬尽，方知列宿春。

夜将寒色去，年共晓光新。

耿耿他乡夕，无由展旧亲。

送郑少府入辽共赋侠客远从戎

边烽警榆塞，侠客度桑干。

柳叶开银镝，桃花照玉鞍。

满月临弓影，连星入剑端。

不学燕丹客，空歌易水寒。

送费六还蜀

星楼望蜀道，月峡指吴门。

万行流别泪，九折切惊魂。

雪影含花落，云阴带叶昏。

还愁三径晚，独对一清尊。

秋日送侯四得弹字

我留安豹隐，君去学鹏抟。

岐路分襟易，风云促膝难。

夕涨流波急，秋山落日寒。

惟有思归引，凄断为君弹。

秋日送尹大赴京

挂瓢余隐舜，负鼎尔干汤。

竹叶离樽满，桃花别路长。

低河耿秋色，落月抱寒光。

素书如可嗣，幽谷伫宾行。

秋夜送阎五还润州

通庄抵旧里，沟水泣新知。

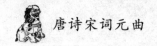

断云飘易滞，连露积难披。

素风啼迥堞，惊月绕疏枝。

无力励短翰，轻举送长离。

送王明府参选赋得鹤

振衣游紫府，飞盖背青田。

虚心恒警露，孤影尚凌烟。

离歌凄妙曲，别操绕繁弦。

在阴如可和，清响会闻天。

秋日送别

寂寥心事晚，摇落岁时秋。

共此伤年发，相看惜去留。

当歌应破涕，哀命返穷愁。

别后能相忆，东陵有故侯。

别李峤得胜字

芳尊徒自满，别恨转难胜。

客似游江岸，人疑上灞陵。

寒更承夜永，凉景向秋澄。

离心何以赠，自有玉壶冰。

在兖州饯宋五之问

淮沂泗水地，梁甫汶阳东。

别路青骊远，离尊绿蚁空。

柳寒凋密翠，棠晚落疏红。

别后相思曲，凄断入琴风。

游灵公观

灵峰标胜境，神府枕通川。

玉殿斜连汉，金堂迥架烟。

断风疏晚竹，流水切危弦。

别有青门外，空怀玄圃仙。

初秋登王司马楼宴得同字

展骥端居暇，登龙喜宴同。

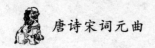

缔赏三清满，承欢六义通。

野晦寒阴积，潭虚夕照空。

顾惭非梦鸟，滥此厕雕虫。

初秋于窦六郎宅宴

千里风云契，一朝心赏同。

意尽深交合，神灵俗累空。

草带销寒翠，花枝发夜红。

唯将澹若水，长揖古人风。

冬日宴

二三物外友，一百杖头钱。

赏洽袁公地，情披乐令天。

促席鸾觞满，当炉兽炭然。

何须攀桂树，逢此自留连。

镂鸡子

幸遇清明节，欣逢旧练人。

刻花争脸态，写月竞眉新。

晕罢空馀月，诗成并道春。

谁知怀玉者，含响未吟晨。

送宋五之问得凉字

愿言游泗水，支离去二漳。

道术君所笃，筌蹄余自忘。

雪威侵竹冷，秋爽带池凉。

欲验离襟切，岐路在他乡。

宪台出絷寒夜有怀

独坐怀明发，长谣苦未安。

自应迷北叟，谁肯问南冠。

生死交情异，殷忧岁序阑。

空馀朝夕鸟，相伴夜啼寒。

送郭少府探得忧字

开筵枕德水，辍棹舣仙舟。

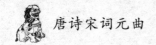

贝阙桃花浪，龙门竹箭流。

当歌凄别曲，对酒泣离忧。

还望青门外，空见白云浮。

冬日过故人任处士书斋

神交尚投漆，虚室罢游兰。

网积窗文乱，苔深履迹残。

雪明书帐冷，水静墨池寒。

独此琴台夜，流水为谁弹。

送刘少府游越州

一丘余枕石，三越尔怀铅。

离亭分鹤盖，别岸指龙川。

露下蝉声断，寒来雁影连。

如何沟水上，凄断听离弦。

赋得春云处处生

千里年光静，四望春云生。

椟日祥光举，疏云瑞叶轻。

盖阴笼迥树，阵影抱危城。

非将吴会远，飘荡帝乡情。

咏水

列名通地纪，疏派合天津。

波随月色净，态逐桃花春。

照霞如隐石，映柳似沉鳞。

终当挹上善，属意澹交人。

同张二咏雁

唼藻沧江远，衔芦紫塞长。

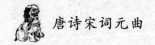

雾深迷晓景，风急断秋行。

阵照通宵月，书封几夜霜。

无复能鸣分，空知愧稻粱。

咏雪

龙云玉叶上，鹤雪瑞花新。

影乱铜乌吹，光销玉马津。

含辉明素篆，隐迹表祥轮。

幽兰不可俪，徒自绕阳春。

咏云酒

朔空曾纪历，带地旧疏泉。

色泛临砀瑞，香流赴蜀仙。

款交欣散玉，洽友悦沉钱。

无复中山赏，空吟吴会篇。

尘灰

洛川流雅韵，秦道擅苛威。

听歌梁上动，应律管中飞。

光飘神女袜，影落羽人衣。

愿言心未翳，终冀效轻微。

秋晨同淄川毛司马秋九咏·秋云

南陆铜浑改，西郊玉叶轻。

泛斗瑶光动，临阳瑞色明。

盖阴连凤阙，阵影翼龙城。

讵知时不遇，空伤流滞情。

秋晨同淄川毛司马秋九咏·秋蝉

九秋行已暮，一枝聊暂安。

隐榆非谏楚，噪柳异悲潘。

分形妆薄鬓，镂影饰危冠。

自怜疏影断，寒林夕吹寒。

秋晨同淄川毛司马秋九咏·秋露

玉关寒气早，金塘秋色归。

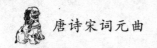

泛掌光逾净，添荷滴尚微。

变霜凝晓液，承月委圆辉。

别有吴台上，应湿楚臣衣。

秋晨同淄川毛司马秋九咏·秋萤

玉虬分静夜，金萤照晚凉。

含辉疑泛月，带火怯凌霜。

散彩萦虚牖，飘花绕洞房。

下帷如不倦，当解惜馀光。

秋晨同淄川毛司马秋九咏·秋雁

联翩辞海曲，遥曳指江干。

阵去金河冷，书归玉塞寒。

带月凌空易，迷烟逗浦难。

何当同顾影，刷羽泛清澜。

乐大夫挽词

可叹浮生促，吁嗟此路难。

丘陵一起恨，言笑几时欢。

萧索郊埏晚，荒凉井径寒。

谁当门下客，独见有任安。

蒿里谁家地，松门何代丘。

百年三万日，一别几千秋。

返照寒无影，穷泉冻不流。

居然同物化，何处欲藏舟。

一旦先朝菌，千秋掩夜台。

青乌新兆去，白马故人来。

草露当春泣，松风向暮哀。

宁知荒垄外，吊鹤自裴徊。

忽见泉台路，犹疑水镜悬。

何如开白日，非复睹青天。

华表迎千岁，幽扃送百年。

独嗟流水引，长掩伯牙弦。

称心寺

征帆恣远寻，逶迤过称心。

凝滞蘅荇岸，沿洄楂柚林。

穿溆不厌曲，舣潭惟爱深。

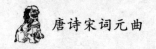

为乐凡几许，听取舟中琴。

棹歌行

写月涂黄罢，凌波拾翠通。

镜花摇芰日，衣麝入荷风。

叶密舟难荡，莲疏浦易空。

凤媒羞自托，鸳翼恨难穷。

秋帐灯华翠，倡楼粉色红。

相思无别曲，并在棹歌中。

海曲书情

薄游倦千里，劳生负百年。

未能槎上汉，讵肯剑游燕。

白云照春海，青山横曙天。

江涛让双璧，渭水掷三钱。

坐惜风光晚，长歌独块然。

春晚从李长史游开道林故山

幽寻极幽壑，春望陟春台。

云光栖断树，灵影入仙杯。

古藤依格上，野径约山隈。

落蕊翻风去，流莺满树来。

兴阑荀御动，归路起浮埃。

冬日野望

故人无与晤，安步陟山椒。

野静连云卷，川明断雾销。

灵岩闻晓籁，洞浦涨秋潮。

三江归望断，千里故乡遥。

劳歌徒自奏，客魂谁为招。

晚渡黄河

千里寻归路，一苇乱平源。

通波连马颊，迸水急龙门。

照日荣光净，惊风瑞浪翻。

棹唱临风断，樵讴入听喧。

岸迥秋霞落，潭深夕雾繁。

谁堪逝川上，日暮不归魂。

宿山庄

金陵一超忽，玉烛几还周。

露积吴台草，风入郢门楸。

林虚宿断雾，磴险挂悬流。

拾青非汉策，化缯类秦裘。

牵迹犹多蹇，劳生未寡尤。

独此他乡梦，空山明月秋。

晚度天山有怀京邑

忽上天山路，依然想物华。

云疑上苑叶，雪似御沟花。

行叹戎麾远，坐怜衣带赊。

交河浮绝塞，弱水浸流沙。

旅思徒漂梗，归期未及瓜。

宁知心断绝，夜夜泣胡笳。

夕次蒲类津

二庭归望断，万里客心愁。

山路犹南属，河源自北流。

晚风连朔气，新月照边秋。

灶火通军壁，烽烟上戍楼。

龙庭但苦战，燕颔会封侯。

莫作兰山下，空令汉国羞。

远使海曲春夜多怀

长啸三春晚，端居百虑盈。

未安胡蝶梦，遽切鲁禽情。

别岛连寰海，离魂断戍城。

流星疑伴使，低月似依营。

怀禄宁期达，牵时匪徇名。

艰虞行已远，时迹自相惊。

望月有所思

九秋凉风肃，千里月华开。

圆光随露湛，碎影逐波来。

似霜明玉砌，如镜写珠胎。

晚色依关近，边声杂吹哀。

离居分照耀，怨绪共裴徊。

自绕南飞羽，空忝北堂才。

送吴七游蜀

日观分齐壤，星桥接蜀门。

桃花嘶别路，竹叶泻离樽。

夏老兰犹茂，秋深柳尚繁。

雾销山望迥，风高野听喧。

劳歌徒欲奏，赠别竟无言。

唯有当秋月，空照野人园。